春潮NOV+

回到分歧的路口

一只笼子，在寻找一只鸟

［美］**李翊云** 等 —— 著

苏十 等 —— 译

十个
卡夫卡式故事

中信出版集团｜北京

图书在版编目（CIP）数据

一只笼子，在寻找一只鸟：十个卡夫卡式故事 /（美）李翊云等著；苏十等译 . -- 北京：中信出版社，2024.10. -- ISBN 978-7-5217-6759-9

I. I712.45

中国国家版本馆 CIP 数据核字第 2024CL6487 号

Introduction copyright © Becca Rothfeld, 2024; Copyright in the contribution 'Art Hotel' © Ali Smith, 2024; Copyright in the contribution 'Return to the Museum' © Joshua Cohen, 2024; Copyright in the contribution 'The Board' © Elif Batuman, 2024; Copyright in the contribution 'God's Doorbell' © Naomi Alderman, 2024; Copyright in the contribution 'The Hurt' © Tommy Orange 2024; Copyright in the contribution 'Hygiene' © Helen Oyeyemi, 2024; Copyright in the contribution 'The Landlord' © Keith Ridgway, 2024; Copyright in the contribution 'Apostrophe's Dream' © Yiyun Li, 2024; Copyright in the contribution 'Headache' © Leone Ross, 2024; Copyright in the contribution 'This Fact Can Even Be Proved by Means of the Sense of Hearing' © Charlie Kaufman, 2024
First published in Great Britain in 2024 by Abacus
Simplified Chinese translation copyright © 2024 by CITIC Press Corporation
ALL RIGHTS RESERVED
本书仅限中国大陆地区发行销售

一只笼子，在寻找一只鸟 —— 十个卡夫卡式故事
著者： ［美］李翊云 等
译者： 苏十 等
出版发行：中信出版集团股份有限公司
（北京市朝阳区东三环北路 27 号嘉铭中心　邮编　100020）
承印者： 北京盛通印刷股份有限公司

开本：787mm×1092mm　1/32　　印张：7.625　　字数：100 千字
版次：2024 年 10 月第 1 版　　　　印次：2024 年 10 月第 1 次印刷
京权图字：01-2024-2716　　　　　　书号：ISBN 978-7-5217-6759-9
定价：49.80 元

版权所有·侵权必究
如有印刷、装订问题，本公司负责调换。
服务热线：400-600-8099
投稿邮箱：author@citicpub.com

目录

撇号的梦 / 李翊云　1

头痛 / 里昂·罗斯　21

这个事实甚至可以通过听觉来证实 / 查理·考夫曼　45

上帝的门铃 / 娜奥米·奥尔德曼　87

卫生 / 海伦·奥耶耶美　109

委员会 / 埃里芙·巴图曼　143

痛 / 汤米·奥兰治　159

房东 / 基思·里奇韦　179

重回博物馆 / 约书亚·科恩　201

艺术酒店 / 阿莉·史密斯　213

书评 / 贝卡·罗斯菲尔德　229

卡夫卡原文出处　237

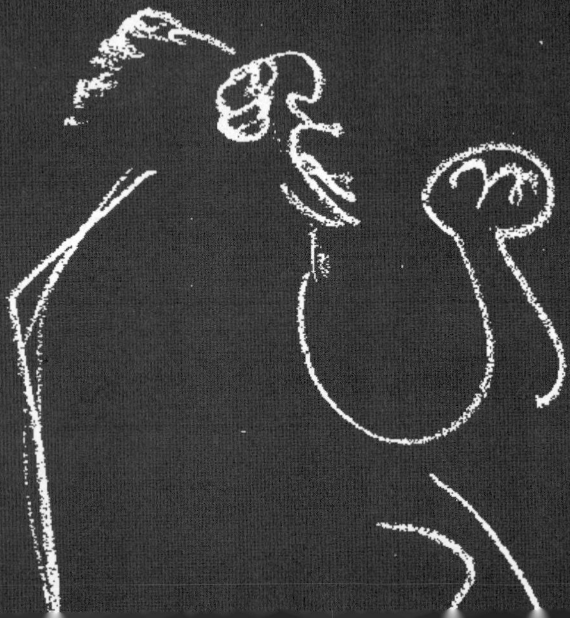

撇号的梦

李翊云 著

苏十 译

角色[1]

一小群活字方块,全都是标点符号,包括:

逗号,句号,冒号,分号,问号,叹号,省略号,连字符,连接线,破折号,括号(一对儿,包括括号1和括号2),引号(两对儿;引号1和引号2是双引号,引号3和引号4是单引号),撇号,以及其他几个符号。

它们都方方正正的,外表古旧,沾着污迹。你必须仔细端详(如果不熟悉的话,还要借助镜子),才能正确辨识出它们。

它们说话的声音各不相同,但都带有同一种沉闷的金属音色。

它们从出生起就是好朋友,挨挨挤挤地住在一位排字工的抽屉里。它们有几个熟人:大小写字母——极其肤浅,却常常摆出一副饱读诗书的派头;还有数字,那是一

---

[1] 原文为 characters,也有"符号"的意思。(如无特殊说明,本书注释均为对应篇目的译者注。)

帮最自大的家伙，彼此称兄道弟，擅长自吹自擂。

这些标点符号最出名的，是它们对方位、准确性和目的的敏锐知觉，但在这个总的来说常常无方位、不准确、无目的或假充有目的的世界上，它们的敏锐性有时会遭受威胁。

幕升。一个整洁的空间。

傍晚。墙上依稀可见一幅古登堡印刷机的蚀刻画。

活字们围坐成一个不太圆的圈儿，让人联想到爱丽丝和朋友们那场臭名昭著的"会议式赛跑"[1]。

冒　号： 各位请注意。

标点符号们正在互相聊天和交谈。似乎没人听见冒号说话。

冒　号： 劳烦各位，注意听我说，好吗？
省略号： 你刚刚说过了。
冒　号： 我的工作是引导注意力。
省略号： 如果你真的想引起关注，就该说些出乎意料的话。
冒　号： 比如什么？
省略号： 比如这样。（用一种对省略号来说一定很高昂，但听起来仍很低沉的声音）请不注意，劳烦各位不要注意，好吗？

---

[1] 出自《爱丽丝梦游仙境》，在小说中指一种没有明确目标，无法确定赢家的混乱比赛，跑步路线类似一个圆圈。这个词常用来比喻"无意义的竞赛"或"徒劳无功的努力"。

没有人去不注意省略号。

冒　号： 如果他们都不"注意"你，你又怎么能指望他们"不注意"你呢？

省略号： 可我认为，我们今天讨论的是世界对我们的不注意。要想理解他人的不注意，我们必须先理解自己的不注意。

冒　号： 恐怕世界不是这么运转的。

省略号： 那世界是怎么运转的？

冒　号： 世界运转的基础是误解、不理解，以及假装理解。

省略号： 我不信。你是怎么知道的？

冒　号： 我就是知道。别忘了我常常在具备官方权威性的句子里挑大梁，至于你，我亲爱的朋友，你从不曾有机会研究这个世界。

省略号： 我与诗人周旋。你必须承认，诗人更知晓关于人心深刻的真理。

冒　号： 诗人？他们很难称得上朋友。他们当不起我们的朋友。

省略号： 为什么？

冒　号： 他们付得起精力去关注我们吗？如今有什么是他们付得起的？

省略号： 注意力不是金钱。

冒　号： 嘘——别让他们听见。单凭这一句话就足以说明你很过时，而且无足轻重。告诉你，如今注意力就是金钱。（不给省略号反驳的机会，再次抬高嗓门）各位请注意，好吗？

各种交谈继续。

省略号绕着标点们围坐的圈子行走，在每一个标点身旁停下，仔细打量他们。省略号过于近距离的关注让这圈标点感到尴尬，他们渐渐安静了下来。

冒　号： 朋友们，请注意。

省略号：（忍不住自言自语）哎，明摆着的事情又何必再说？不说废话已经是一门失传的技艺了……

逗　号：（听到省略号的话）希望这不是你第一次意识到存在危机。

省略号： ……？

逗　号： 你没有忘记吧，陈述明摆着的事情，是保持重要性最可靠的方法之一。

省略号： 我没忘……因为我根本就不知道。而且肯定不是这样。如果保持重要性就等于说些明摆着的事情……

叹　号：（怒吼）肯定是这样！

省略号皱起眉头，退到角落里，深深陷入沉默。

冒　号：（对围坐成一圈的标点们）啊，对啦，朋友们，让我来提醒大家，我们在讨论"重要性"这个紧迫的问题。不同于字母和数字，我们越来越难以逃脱这样的命运：被误用、滥用，更糟糕的是，被当作多余的成分而弃用。

句　号：文字和数字不会认同你的说法。我常和他们在一块儿，他们总抱怨自己被人误用和滥用。

冒　号：但他们还没有被当作废料丢弃，对吧？而我们在苦苦抗争，试图扭转被抹去的命运。

引号1：多年以来，我们中的一些符号因为自己的可抹除性而备受煎熬……

引号2：……但我们临危不乱，仍然占据上风……

逗　号：（并非对某个特定的对象）去和我牛津的表亲[1]说这话吧——没有谁比他更临危不乱了，可

---

[1] 这里指"牛津逗号"（Oxford comma），又称"序列逗号"。按照传统语法，英语中列举多个对象时，会在最后的连词前加上一个逗号，以此消除歧义，如"A, B, and C"。但如今这种传统书写习惯已经渐渐被抛弃，很多人不再使用牛津逗号。

他对此照样束手无策。现在，世界上一半的人——不，一大半的人，根本不知道他的存在。

引号3： 只要文字觉得自己很重要、值得被引用，我们就应该相信自己具备重要性。

引号4： ……换句话说，只要文字还想做到通情达理，我们就得相信标点符号的必要性。

句　号： （对问号）你觉得人们会不会在交谈时彼此只讲半句话？

问　号： 这恐怕不是一个合理的问题。

句　号： 你难道还没有意识到，不合理的问题才是如今支撑世界的根基？

问　号： 我对现实的了解比谁都深。反问句考验着人的耐心，已经足够烦人了，但是，哦，这些不合理的问题带来的痛苦和尴尬更甚！空洞的问题披着皇帝的新衣，信念伪装成冷嘲热讽的问句，还有那些宁愿以某个符号（指向叹号，它太爱激动，因此不提姓名乃明智之举）来结束的句子。曾经的美好时光呢？那时候，真正的问题会指向真正的答案。

句　号： 或者说，真正的答案会指向真正的问题。我想人们如今更喜欢陈述，而非提问。

问　号： 也就是说，你大可不必担心自己变得多余。

叹　号：我也不必!
分　号：小点声,你总是令我头疼。
叹　号：(对碰巧坐在他旁边的连字符大声耳语)真是个爱抱怨的家伙!他不知道他最令人头疼。
连字符：(闷闷不乐地)我真希望能处在他的地位。我真希望自己像他一样有学问。
叹　号：有学问个屁!
连字符：你站在我的角度想想,我是个连接符,分号也是个连接符,但人们不会像对待我那样将他视若等闲。
分　号：(一直在密切关注着这边的讨论)但你并没有面临灭绝的危险。你瞧,我像逻辑学家一样工作;你像焊接工一样工作。世界没了我也能将就下去,但没了你不行。
连字符：你这是精英主义的论调。你没有资格这样说。
问　号：也许他是把你和你的表亲搞混了,把你认成了连接线或破折号?
分　号：我没有搞混,我的职责就是"不混淆"。
连字符：(自言自语)对,你的职责就是把别人搞糊涂。
冒　号：朋友们,请注意,为了提高效率,我们需要建立一种秩序。
括号1：我们同意。秩序(无论是已经建立的、没有建

　　　　　立的，还是无法建立的）始终是我们存在的理由[1]。

括号2： 但我们认为有必要记住一件事，世界不是依靠秩序运行的，而是靠混乱（其中有些是稳定的，有些是破坏稳定的）。

逗　号： 这些括注真是够了！我提议把话说得简单一点。

分　号： 正适合你无足轻重的地位。

撇　号： （清嗓子，话语中充满停顿和迟疑）朋友们，嗯，朋友们，如果你们能好心让我说上几句话——我不会占用太长时间，也不会长篇大论——但如果能得到你们善意的许可，我建议，我们要共同面对困境，而不是强调自己的个性。

引号1： 这是一句太过"非此即彼"的话。我们（指向引号2）既没有强调也不在意自己的个性。

引号2： 我们承认二元论有其优点。

叹　号： 静一静！让撇号说话！

撇　号： 谢谢，谢谢，我的朋友。（对引号1和引号2）我向你们道歉，祖父和父亲教导我，撇号的工作是缩短而非延长，是简化而非扩展，当观点被缩减化约，准确性有时就会打折扣。

1　原文为法语。

冒　号： 烦请快说重点。

撇　号： 是，是，赶在更多的错误和异议出现前，让我快点说完。有时候，如果你的工作是在尘世中保持简洁，你往往会在梦中扩展膨胀。希望我不是唯一一个这样的人……

叹　号： 我们很多人从没有奢侈的时间做梦！我们24小时都在待命！

省略号：（自言自语）我不明白公开谈论自己的梦有什么意义。

撇　号： 是的，谢谢你们所有人的意见。我保证很快说完。我一直在思考，该如何维护我们的重要性。一定不要忘了，曾几何时，文字在没有我们的情况下存在……

省略号： 这种事情有一天还会发生。

叹　号： 胡说！没有我们，文字就会没完没了地延续下去！没有我们，世界就会彻底乱作一团！

句　号： 没有我，世界也许会变成这样，但如果少了像你这样的人随时待命，我觉得世界会变得更理智。

撇　号：（抢在更多人提出异议前插嘴，口吻更具说服力）你们看，这正是问题所在。我们倾向于强调每个标点自己的职能和地位，而这只是一场徒劳的竞赛。我想要建议的是，应该把我们看作一个整体，共同占有一个名词。比如在英语中，"一群海豚""一群鱼"的"群"有"学校"[1]的意思，这自然会得到一些未受教育之人的敬重；"一群鲨鱼"的"群"意指"颤抖"，"一群乌鸦"的"群"意指"谋杀"，会让所有人脊背发凉；"一群河马"和"一群狮子"的"群"也不容忽视，前者是"雷鸣"，后者是"骄傲"；"一群猫头鹰"的"群"是"国会"，"一群白嘴鸦"的"群"是"智慧"，与这两种动物天然的权威相伴相生。我想，如果我们能挑选一个不错的集合名词，就能收获一些迟来的关注和尊敬。比方说，用"智"作为量词，形容一群标点符号。一"智"标点。

引号1： 感觉像在剽窃。

引号2： 除非我们给"智"加上引号，示意这个量词是我们借用的。不过这很容易给人一种冷嘲热讽、说反话的感觉。

引号3： 而这样一来，我们就成了一群愚蠢的标点。鉴于我是首先说出这个想法的人，我们何不选用

---

[1] 英语中，"一群海豚"和"一群鱼"的"群"为"school"，有"学校"的意思。后文中形容鲨鱼、乌鸦、河马、狮子、猫头鹰和白嘴鸦的量词分别为shiver、murder、thunder、pride、parliament、wisdom。

"愚蠢"作为量词呢?一"蠢"标点。

引号4： 听起来很有韵味,颇具莎士比亚的风格。

问　号： 用"水流"做量词怎么样?我一向喜欢看见事情"水"落石出……这会让我的工作很轻松。

分　号： 太脆弱;太微不足道;太弄巧成拙。

句　号： 再说了,水落石出是文字们才会说的穷酸话。他们喜欢创造意义主旨[1]——通常是含糊不清的大意。我们喜欢精确。

问　号： 用"方程"做量词呢?用"序数词"呢?

句　号： 你想让数字来抗议吗?他们抗议的方式可是无穷多的。

括号1： 用"拥抱"[2]怎么样?

句　号： 太平常了。

冒　号： 一"方位"标点符号。

破折号： 一"行程"标点符号。

逗　号： 一"参议院"标点符号,一"兄弟会"标点符号,一"乐团"标点符号。

句　号： 不,这些量词都有站不住脚的缺陷。我们应该用"社群",称自己为一"社群"标点符号。我注意到,如今"社群"这个词很派得上用场。

---

1 原文中,问号挑选的量词是"drift",除了"水流",也有"主旨大意"的意思。
2 原文为embrace,也有包含的意思,符合括号的特性。

而且无可指摘。

问　号：还可以再加上几个量词——"影响""协同增效""战略""结盟""挑战""真实性"。都是当下的热词。

分　号：我反对。这些词足以让我觉得，我们应该退出历史舞台，让文字在它们自己的愚蠢中纠缠不清。

逗　号：也许我们该找一些更显而易见的词。没有人会反驳明摆着的事实。

问　号：比如？

逗　号："希望""爱""团结""赋权"。

漫长的停顿。

连字符："小心""警告"。

省略号：我们永远无法达成一致……

连字符："喧嚣吵闹""斗嘴扯皮"。

句　号：到此为止吧。这是件白费力的事。

冒　号：但是，这并不比俗世中的其他行为更傻、更白费力气，这就引出了一个问题，我们是不是还不够傻？

省略号：我有个提议……

逗　号：不要提议。无论你提出什么建议，我都能提出一条不同的。

省略号： ……

句　号： ……

问　号： ……

连字符： ……

黄昏变成了夜晚。古登堡印刷机隐藏在昏暗的光线中。

省略号：（自言自语）我从没觉得像此刻这般无足轻重。

撇　号： 撇号！

叹　号： 你的工作可不是情绪激动。

撇　号： 我向你道歉。我只是想到了一个解决办法。既然我们很难找到一个大家都同意的集合名词，那么我们应该遵从一个古老的惯例，称自己为一"撇号"标点符号[1]，就像牛顿运动定律或欧几里得几何学。

句　号： 哈。你早有预谋了，是不是？让自己居于领导我们的位置？

叹　号： 这太荒唐了！

---

[1] 英文中的撇号有表示省略的功能。此处撇号的提议即省略了具体量词，又把自己置于量词地位。此外撇号还可以表示所属性，如后文的"牛顿运动定律"（Newton's laws of motion）。

撇　　号：请容我详细解释，朋友们。我的想法一点儿也不荒唐。标点符号最早是怎么来的呢？是为了在字与字、句与句之间留出空间。我们其实是一群占位者。

引号1：一"占位符"标点符号？

引号2：这听上去太累赘了。

撇　　号：在我们的名字前加上任何名词都可以，因为从理论上说，那也只是一个占位的词。从这个意义来说，"撇号"和其他可能采用的量词一样好。我一直梦想着，我的重要性能比这渺小身躯所承载的再多一点点，所以，朋友们，既然想法最初是由我提出的，何不纵容我这一次呢？

问　　号：你的职位有任期吗？

冒　　号：我们应该设立一个大家都赞同的任职期限。不能像某些法庭的首席法官那样。

分　　号：还有王室。

句　　号：我们还应该设立一种轮换制度，这样每个人的名字都能被当作量词使用。一"句"标点符号——这听起来相当令人动心，不是吗？有一种怀旧的腔调[1]。

---

[1] 英文中的"句号"（period）有"历史时期""历史阶段"的意思。

连接线、破折号：（彼此点头示意）我们要申请双重任期。一"横杠"[1]标点符号！

圈子里爆发出各种声音。
幕落，对话继续。

作者　　李翊云

美籍华裔作家，现任普林斯顿大学刘易斯艺术中心创意写作教授、创意写作项目主任。她于2012年获美国麦克阿瑟天才奖。她的首部短篇小说集《千年敬祈》获2005年弗兰克·奥康纳国际短篇小说奖；长篇小说《鹅之书》于2023年获福克纳文学奖。

---

[1] 原文为"a dash of"，也有"一点点"的意思。

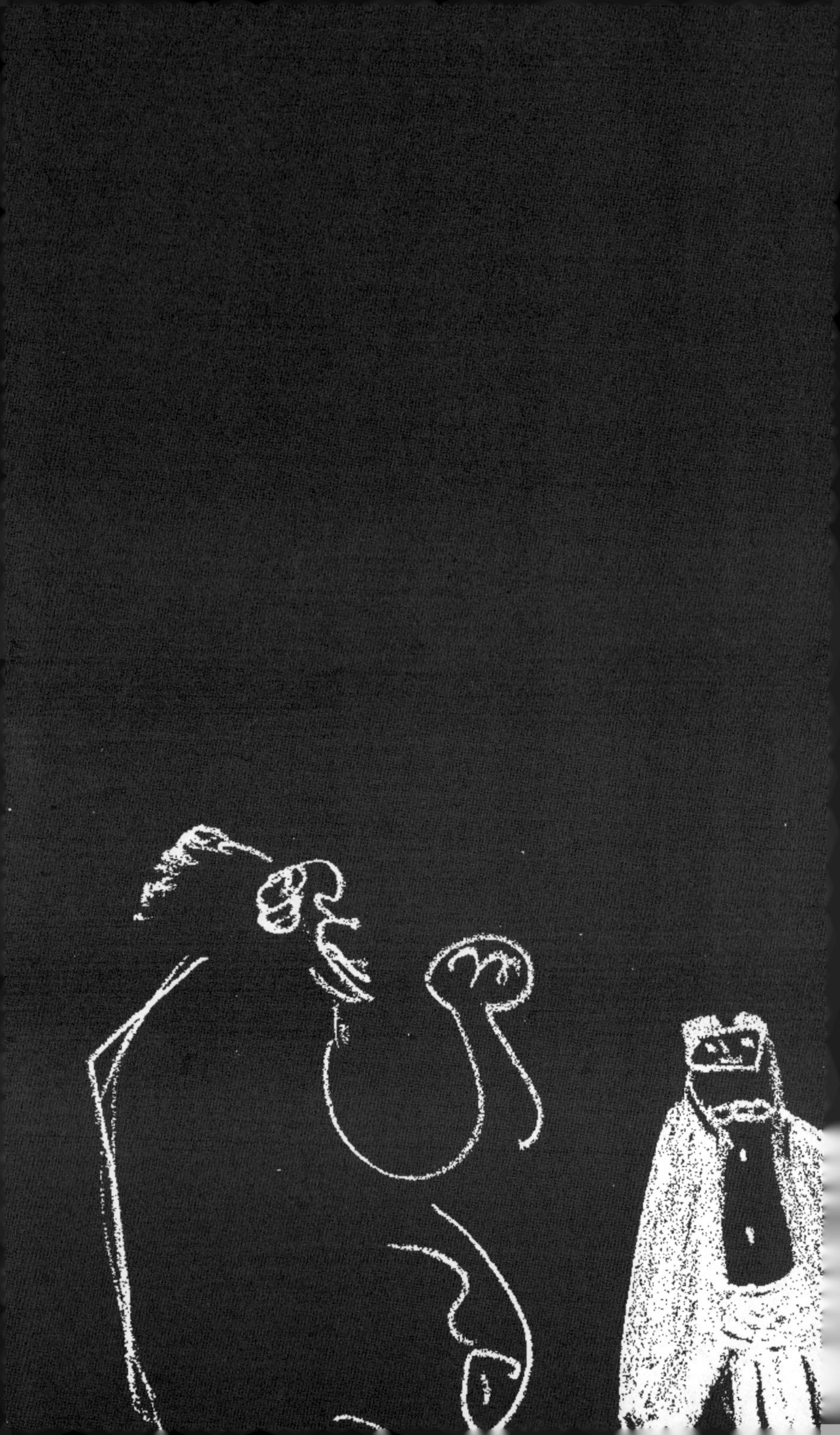

头痛

里昂·罗斯 著

靳婷婷 译

晚上十点三十七分,信从门缝中塞了进来,是关于高潮引起的头痛的。起初,金沙萨·卡布拉尔完全摸不着头脑。然后她打开信,才反应过来,咂了一下嘴巴,把信拿给男友诺亚·戈尔登看。他刚刚洗完澡,坐在她的床边,正往身上涂可可脂润肤霜。

但那是一年前的事了。他边说边把那封软趴趴的信在手里翻来覆去。

没错。金沙萨·卡布拉尔回答。

她去看医生,已经是一年前的事了。

她还记得头痛是怎么发作的:当时,诺亚·戈尔登正依偎在她的大腿之间。突然间,一股可怕的炙热从她的背部蔓延至后颈。在高潮到来时,她感觉自己的额头仿佛要被烤化了,只得用手紧紧箍住自己的头骨,痛得几分钟说不出话来,连诺亚环抱着她的双手都几乎感觉不到。

当这种可怕的头痛连续出现五次后,金沙萨找到了一位灰眼睛的医生,详细描述了自己的症状。从表情可以看出,她的直言不讳让这位医生不太舒服。金沙萨还不到三十岁,从没有生过严重到需要和某位医生频繁打交道的病,但她喜欢精准。她喜欢诺亚·戈尔登在他公寓的阳台上种魔鬼辣椒和白玫瑰;她喜欢把学生的成绩从电子邮件转移到电子表格上,以供她工作了十年的大学里的考试委员会审阅;她喜欢填字游戏和推理小说;她喜欢看她最好的朋友莫妮卡编织柔软的桃红色披肩。医生眯着眼睛看着自己的笔记,说金沙萨的症状很不寻常,这时,她早该料到这位医生会出问题。金沙萨的母亲喜欢说,早上出毛病,晚上搞不定[1]。这话说得没错。这位畏畏缩缩的医生表示,她会给金沙萨·卡布拉尔写一封转诊介绍信[2],让她去做脑部扫描。但是,金沙萨没有收到任何信件,而头痛来得快,去得也快。不久之后,两人又像以往一样在床上翻云覆雨,他们咯咯笑着彼此亲吻,诺亚耻骨的位置也总是那么准确无误,但刚开始的时候,因为担心会伤害到她,他很难达到高潮。

←

金沙萨一大早就打电话给医生,说她不需要再做扫描了。医院的前台表示不知道这件事。金沙萨·卡布拉尔礼

---

[1] 牙买加谚语。指不应把时间浪费在无力解决的问题上。
[2] 在西方医疗系统中,当家庭医生无法治疗疾病时会推荐病人去看专科医生。

貌地问是否能跟知道这件事的人聊聊，但前台却让她打电话给预约好做扫描的医院。金沙萨和诺亚·戈尔登一起去参加狂欢节，与朋友们一起吐槽、大笑，双方的朋友在他们过去两年的恋爱中彼此熟识，相处非常融洽。诺亚的一个朋友说，嘉年华变了味，他觉得自己被物化了；金沙萨·卡布拉尔却指出，他既然浑身都是巨大的红蓝羽毛，还穿着镶人造钻石的丁字裤来参加狂欢节游行，就不应该对人们的注视感到惊讶。我不是这个意思。诺亚的朋友一边说，一边紧紧地盯着她，但她正在跟莫妮卡和格雷西喝一瓶牙买加红色条纹啤酒，笑得正起劲。她们是从上学时就认识的好闺蜜。

上班时，她给医院打过三次电话，分别等了四十七分钟、三十一分钟，她又换了别的日子，等了将近一个小时。莫妮卡劝她应该直接到医院去，因为等待做脑部扫描的人有七百七十万，不要因为需要排队等待，而觉得没有必要做扫描。金沙萨表示，之所以没有必要扫描，是因为她的头不痛了。她了解官僚体系：只要找对了管理员，很快就能解决问题，就像取消某个选框，或是切换屏幕设置一样快。但是，她仍然一无所获。九天之后，她迷迷糊糊地来到了一间拥挤的候诊室，一侧坐着一个睡着的醉汉，一侧是一个健谈的女人，还带着三个长着雀斑、活蹦乱跳的小孩。这位母亲穿着猩红色的连衣裙和破洞渔网袜，看上去出奇的精神焕发。金沙萨心不在焉、疲惫不堪。她整个上午一直在忘事和掉东西，她的黑鞋、她的紫色手提包，她打算穿的幸运衬衫，不偏不倚地掉到了厨房地板上的一洼积水中，原来，她忘了关冰箱门，冰化成了水。

孩子们像乒乓球撞在光滑的墙壁上一样弹来跳去。那位母亲说，孩子的名字是麦茜、柯克兰和阿纳斯塔西娅，好像有谁感兴趣似的。金沙萨·卡布拉尔礼貌地点点头。墙上挂着一个嘀嗒作响的时钟，贴着关于宫内节育器的橙色海报。那位穿红裙的母亲问金沙萨来医院是不是因为得了什么重病，金沙萨说不是。不会是梅毒之类的病吧？那女人向前弓着身体继续问着。金沙萨告诉对方，不好意思，还是不要乱猜为好。哦，天哪，那位母亲说，是非常严重的病，对不对？我很抱歉。但她脸上的表情并非抱歉，而是好奇。只是医院搞错了而已，金沙萨说，医院让我来做核磁共振，但我已经不需要了。

他们从不会犯这种错误，那位母亲说。

醉汉笑了，一副精神不太正常的样子。

金沙萨的担忧第一次压过了烦躁。也许，她确实是出了什么毛病。做脑部扫描挺吓人的，她本该叫莫妮卡或格雷西过来陪她的，她父亲也可以把电器行的活儿放一天。那位红裙母亲说，如果病情严重，金沙萨的一头秀发就铁定不保了。孩子们正在假扮鲇鱼，扭动着身体，在光滑的地板上滑动。她把孩子们招呼过来，用手指着问道：麦茜，她的头发是不是很特别？高高的、蓬蓬的。没问题，你们可以自己来摸摸看，你不介意吧？几个小姑娘缓缓向前走来，伸出小拳头。

金沙萨借口去洗手间，走开了。

走进洗手间，她把盘在头顶上的发辫拍平，然后缓缓地洗手。当她走出来的时候，那群满脸雀斑的母女已经不见踪影，一位手拿图表的放射技师在喊：金沙萨·卡布尔，卡布尔小姐在吗？她一脸和善，指关节上有粉色的痂。

金沙萨用正确的读音说了一遍自己的全名。

那女人剥皮般的脸像煮熟的鸡蛋一样闪着白光。她说了一句请跟我来，然后就健步如飞地走开，金沙萨小跑着跟在后面。两人走过一条长长的走廊，候诊室里的嗡嗡声戛然而止，就像电视机断电一样。这位脸如鸡蛋的放射技师解释说，金沙萨需要换上袍子，脱到只剩内裤，摘去胸罩和首饰。金沙萨问，她能否跟谁聊聊，因为她可能根本不用做扫描。放射技师让金沙萨把物品放在储物柜里，然后稍候片刻，等扫描室准备妥当，她就回来接金沙萨。金沙萨说自己已经没有症状了。蛋脸女士笑着说，太好了，这是更衣室，麻烦换上袍子，脱到只剩内裤，摘去胸罩和首饰。金沙萨困惑地眨眨眼。两人都只是在重复自己的

— 头痛 —

话。在白色灯光下,放射技师手上的痂显得红肿溃烂,她应该戴上手套才好。蛋脸女士让金沙萨把储物柜的钥匙别在袍子上,金沙萨只得恭敬不如从命,脱了衣服,换上袍子,做着小而精准的动作。在无力处理更大的事情时,小动作挺有帮助。她坐在一间冰冷而空旷的房间里,数起椅子来,等了比正常的一小会儿长些的时间。她身上蓝白相间的袍子从背后敞开。她光着脚踩在地板上,凉飕飕的。通过袍子轻薄的材质,她明显感受到自己一侧的乳头要低于另一侧。

←

放射技师热情地微笑着过来接她。她说,很高兴再次见到你,卡布尔夫人,金沙萨纠正说,请叫我"卡布拉尔小姐"。蛋脸女士笑着说,哦,没关系的。金沙萨不知道如何回答。扫描仪赫然耸现在眼前:那是一台香肠形状的巨大白色装置,比夹在信中小册子上的图片显得更大、更古老。想到只需要把脑袋伸进去就行,金沙萨松了一口气:只是忍住不要不由自主地抽搐、喊叫、打喷嚏或大笑,已经够难的了。

放射技师拍了拍与机器相连的平板床,示意她躺下。在她左手溃烂的结痂处的下方,戴着一枚结婚戒指。金沙萨躺下来。蛋脸女士说，她会在金沙萨的手臂上插入一根导管，以便让造影剂，也就是一种染料，通过静脉。她说，这种染料可能会让金沙萨在扫描过程中感受到一股发痒的暖流。有的人或许会以为是自己尿裤子了，但金沙萨不必担心，这是一种正常的感觉。

金沙萨试着放松下来。如果她能放松下来，这说不定能成为一段有趣的经历。她问染料是什么颜色的，尽量让自己的语气听上去顽皮些。蛋脸女士说，染料一般是蓝色的，但像她这样的病人需要使用别的颜色。另外，金沙萨在机器里的时候，她可以播放一些音乐，想听什么？蒂娜·特纳的《纳特布什城市边界》，安妮·伦诺克斯的《甜蜜的梦》还是夏卡·康的《没有人》？金沙萨不明白，像她这样的病人为什么要用不同颜色的染料，另外，这三首歌是她母亲最喜欢的，她经常放。母亲说，安妮、蒂娜和夏卡是"爆发力超强的女诗人"。她一边说，一边在偌大的厨房里张扬地翩翩起舞，父亲则带着爱慕的眼神在一旁观看。

她喜欢回忆父母。大多数的时候，他们是快乐的。

放射技师问，哪首？哪首歌？只能选一首。她边说边使劲摩擦着金沙萨的手肘内侧，准备插管。金沙萨说，听蒂娜·特纳，你的动作能不能稍微轻一点儿？蛋脸女士把金沙萨的手臂折过来放在肚子上，她的手指是湿冷的。她说躺好别动,你很快会有针刺的感觉:她把插管戳进金沙萨的手背,那里的皮肤像纸巾一样薄。金沙萨吸了口气,哎哟了一声。她措手不及,手一抽一抽地疼。如果要扎手背,摩擦肘部干什么?蛋脸女士说,扫描开始后会听到砰砰的巨响,但没什么好担心的,如果金沙萨需要什么,随时说,她在外面都能听到。

她说了一句深呼吸,就把金沙萨全身都推进了机器舱内,只留脚趾露在外面。

她的全身都进了舱。

怎么回事?金沙萨问道。她敲打着舱顶闪亮的表面,越敲越快,越敲越快,她说:怎么回事?我怎么全身都进来了?

四周的沉静显得凝重而干燥,她的舌头上渗出了盐粒。

有人吗?

金沙萨用鼻吸气,用嘴呼气,想象自己蜷缩着身体,坐在诺亚·戈尔登的身边,他们总是开玩笑,说她是坐在他的阴影下,因为他的身材是如此高大,她又是如此娇小。白色的舱体已显老旧,她能看到铁锈,恐惧感油然而生。她又喊了一声:有人听到吗?放射技师的声音问:有问题吗?金沙萨说:当然有问题,我不应该整个身子都进到机器里的。放射技师说:我马上就给你播夏卡·康的歌。金沙萨说：我说，我不应该整个身子都进到机器里的，而且我刚才选的是蒂娜的歌。她感到颈后的头发在拉扯，于是抬起头来调整，这时，蛋脸女士发话：《没有人》马上播放，但你必须保持一动不动。金沙萨心想，用夏卡·康的歌代替蒂娜的歌，好像也没有那么糟。

舱内静得出奇。即使是最安静的机器，也会嗡嗡作响，但这台机器却给人一种……死气沉沉的感觉。她预感放射技师随时会说不好意思，机器出故障了，就是因为机器坏了，刚刚才会听不到她的声音，系统才只能播放一首歌，她的整个身体才会全被塞进机器里。

咯咯的笑声刺破了岑寂。

怎么回事？她捏着嗓子尖声问道。

舱内突然爆发出砰砰声，这巨响把她吓得不轻，让她的身体向上一挺，腰腹部拱起，刺眼的死亡之光充斥在她的巩膜之中。一股想要小便的迫切冲动在她的全身蔓延开来，她强忍着。

几秒钟后，舱体把她的身体向外推了出去，她默默告诉自己：深呼吸，感觉没那么糟糕。放射技师一脸笑意地出现在她身边。金沙萨来回摆头，眼前是一片闪烁的诡异白光。

蛋脸女士告诉她，她真的好美。

一股强烈的羞耻感将金沙萨淹没：尽管放射技师一再

安慰，但她毕竟尿了裤子。

←

小的时候，她住在另一个国家，在那里，每天的黄昏都在同一时间降临。那里有秃鹫和蜂鸟，还有子宫肌瘤大如鳄鱼蛋的女人。当她开始询问婴儿是从哪里来的问题时，她父母的态度是那么积极、体贴，几乎带着某种一视同仁：他们给她相关书籍，回答她的问题，鼓励阿姨叔叔们在轻松的氛围中给出有据可循的看法。晚餐时，大人们其乐融融地探讨有爱之性和享乐之性孰优孰劣，并得出结论：只要知道自己想要什么，这两种体验都很美好。

她的成长经历，是那样独一无二。

←

蛋脸女士哄着金沙萨坐上轮椅，把她推出了扫描室。她头晕目眩，满身尿臭，插管嵌在肉里阵阵抽痛。她问要去哪里？蛋脸女士说去病房清理一下，不用担心，医生很快就会来的。金沙萨听不明白。没错，她的确需要在浴室沐浴、用毛巾擦干、再换上自己的衣服，但信中并没有提问诊的事。放射技师在她的扫描结果上看到什么可怕的东西了吗？她心想，这个地方实在太安静了，人都去哪儿了？蛋脸女士把轮椅抵在闪闪发亮的金属电梯门上，在她身边蹲下，一双蓝色的小眼睛充满了忧伤。金沙萨的胃在抽动，她问：这正常吗？是不是应该紧张起来？哦，不用，放射技师说，一切都很好。墙上贴着关于避孕套的橙色海报。蛋脸女士的手滑过电梯按钮，金沙萨看不清她选的楼层。

电梯里的气味很难闻，像婴儿呕吐物一样。透过轮椅的帆布，金沙萨能感觉到蛋脸女士隐隐贴在她身后，也能感觉到她的皮肤散发出的热量。金沙萨感到恶心，于是向前倾身。放射技师唱起《纳特布什城市边界》，一路唱到她们要去的楼层。金沙萨被她那美妙的嗓音震住了：那韵律和音域，让她想起了格雷西在圣诞节慢煮的可可茶。蛋脸女士的歌声戛然而止，说很快就到，然后挖起鼻孔来。电梯门打开后，她把轮椅推到一个候在电梯门口的高个子女人手中，然后后退一步，挥手打招呼。

这就是那个荡妇，蛋脸女士说。

什么？金沙萨说，你叫我什么？

新出现的推着轮椅的女人说：你好，我是护士长。金沙萨说：你听到放射技师说的话了吗？听到她侮辱我了吗？

我们等了你一上午了，护士长说。

←

一个狭小而洁净的单间：一张整洁的单人床，周围用蓝色粗布帘子围挡，左边是一个低矮的橱柜，一把访客的座椅，还有一扇对着医院停车场的大窗户。在远处，她可以看到一对网球场和沐浴着金色阳光的绿色树梢。

她非常庆幸能看到光线和艳阳，整座医院都像那台扫描仪一样，如口香糖一般黯淡无光、死气沉沉。她想起了放在一楼储物柜里的贵重物品，想起了她的手机，想起了母亲发来的色彩鲜艳的搞笑短信。

护士长一边忙前忙后，一边递给金沙萨一张薄薄的湿纸巾和一条纸内裤，让她脱下浸湿的内裤，擦去轮椅上的尿。金沙萨笨拙地把手伸在两腿之间擦起来，在这个女人的注视下做这些，感觉很不舒服。她为什么不把目光移开？一张纸巾远远不够，她找护士长多要些。护士长说可以，但还是不要浪费为好，然后又递给她一张纸巾。金沙萨问护士长，如果尿裤子的是她，两块薄薄的纸巾是否够用。护士长说，每个人的情况都不一样，这种问题谁说得准。金沙萨·卡布拉尔不动声色地等着。护士长又抽出两张纸巾，她说：好，我就惯着你吧。她说话的速度很慢，声音很大，把每个词都咬得很清楚，仿佛她俩说的不是一种语言。金沙萨把纸物尽其用：先擦了擦尿液在那里滴了又干的一只纤细的脚踝,又擦了擦她的阴毛。

护士长把枕头重新排列好,教她如何用遥控器抬高床头,把桌子拉到胸口。金沙萨问医生是否很快就会来?扫描结果是不是出了什么问题?为什么要让她待在这里?好像她要留下住院一样。护士嘟起嘴唇,好像受到侮辱,告诉她不必这么敏感。她拿起柜子顶上那本像患了厌食症一般单薄的《圣经》,仿佛是要自我保护似的紧紧抱在胸前。她告诉金沙萨,出院之前,与那些可怕头痛相关的一切问题都能解决,这里是最好的医院。

←

通过自慰,她知道性高潮引起的头痛已经消失。她的高潮如老友重返般亲切,来得轻松、快速而无痛。她十一岁就开始自慰了。她仍然记得那种自我探索的美妙,事后的酣睡,以及身体不断发育的神奇。几年后,当她开始拥有情人的时候,她会像一位骄傲的艺术家一样脱下衣服,展露出她的"作品"供对方欣赏。有的时候,诺亚会看着她自慰:她的大方分享会让他"性致"大发。

←

一个小时过去了，也许吧，这里没有钟表。她已经不记得上一次这样安静坐着是什么时候的事情了，没有书本，没有电话，没有电脑，没有邻居的声音，甚至连鸟鸣声都没有。她不知道该做些什么。窗户是密封的，微风和网球场的声音她都听不到。她想象着球拍发出的咔嗒声，球员发出的咕哝声，还有爱情的声响。她不知该如何应对可能到来的坏消息，她是不是快死了？还是长了什么会让她痛苦、变得面目可憎、脾气乖戾的东西？她需要接受药物治疗吗？她哼着老电影里的歌，咂着双唇：啪—啪—啪。她下床伸伸懒腰，站在原地蹦跳。她的双脚发出砰砰声；她的脚底脏兮兮的，大腿的肉摩擦在一起。她真希望自己叫了个朋友来接她。

←

医生来的时候，她如释重负，放松下来：他的肢体语言，和她家里那些皮肤被阳光镀上一层金色的叔叔伯伯一样。她以为他也会认出她来，也会回忆起终日露天烧烤、打鼓弹贝斯、开怀大笑、在抽拉床上入眠的往事，就像她的布莱恩叔叔一样，早餐由他负责安排，他会把发黑的香蕉炸得香脆软糯，还会做最蓬松的西式炒蛋。医生会认出她是某位亲戚的侄女，然后态度温和地把坏消息告诉她。但是，他没有认出她来，他心浮气躁，几乎怒气冲冲。他说他带了表格，让她赶紧填。他把一大沓表格扔在她的床上，锋利的纸张从她嘴前滑过。

其中有一张关于她出生情况的表格，需要她描述出生的医院，以及父母的精神状态。一张询问她从零岁到六岁之间的健康情况，包括她的摇篮帽[1]是什么时候从柔软的头皮上"摘下来"的，她的头骨花了多长时间才发育成满意的形状，每天的牛奶摄入量报告，以及她母亲的乳晕的状况。有一张学校信息表，需要她提供所有的成绩单，以及至少两次与儿时朋友的访谈，以反映她的性格。还有一张月经表，要求描述她第一次、最近一次以及最理想的一次月经。除此之外，还有更多。金沙萨的脑袋嗡嗡作响，双腿如麻绳般绵软无力。她问医生扫描结果如何？医生仿佛很疲惫，他坐在床尾，像小男孩一样摆动着一条腿，说他要到明天才能看她的扫描结果。金沙萨说，她已经将近一年没有头痛了，任何头痛都没有，更不用说性高潮引起的头痛了，她还说，她拒绝填写这些表格，也不明白为什么要填。

---

[1] 摇篮帽是乳痂的一种俗称，是一种发生于新生儿头皮上的脂溢性皮炎，通常不会影响婴儿健康。

医生叹了口气，把她的胳膊猛地向前一拽，为她测量血压，把表格摩擦得沙沙作响；臂带裹得太紧，像水蛭一样紧紧吸着她的胳膊。读数为高压157、低压93，她的血压从来没有这么高过。医生尝试抽血，但管子里血流缓慢，抽不出足量的血。她问能否把手背上的插管取下来，但他说插管是必要的，她必须得有耐心。他问她有过多少个男友，把"男友"这个词说得像"难友"一样，她不知该怎么回答：男友的界限是插入性行为，还是其他形式的性行为也算？他让她不要打马虎眼，直接说数字。在被单下用手指数着，她给出了一个符合大男子主义价值观的标准答案。他说医院要筛查疾病，让她开始填写表格，问她如果在医院过夜，需不需要告诉其他人，又解释了他说的疾病是哪几种，说完，他点了点头，仿佛这是某种回答。

←

金沙萨在高中的第一个男朋友很可爱：他的吻带着柠檬水的甜味，第一次发现她的下身湿润的时候，他表情凝重，几乎屏住了呼吸。她觉得，当十五岁的他因淋巴瘤辞世时，是她积极而充沛的性能量支撑她熬过了那段岁月；那年轻的身体赋予她的快乐，让她有了依靠和动力。她认为，总体来说，她有一股跌倒后再爬起来的韧劲。她把时间花在组织人员上，把或聪明或愚蠢的学者安排得井井有条。但现在她却惊讶地发现，自己的身上竟有了一股深入骨髓的沉重感。躺在这张床上的她，如水母一样瘪了下去。她想起了初恋和他去世的病房，还有那张用红气球装饰的病床，躺在这里，一股忧伤油然而生。

黄昏向窗外的建筑物靠近，带走沿途的光线，把光逼到角落深处，再沿着墙壁向上推挤。金沙萨又饿又渴，在床头柜里找到一小袋满是灰尘的口香糖，缓缓地嚼了几片。一位护士拿来一瓶水，在递给她之前自己先灌了一大口，然后用手做了一个扫动的手势，好像是在跟她解释把水喝掉。她手臂上金色的毛发在不自然的光线下根根耸立。在她的鼻子上，打着一个小小的鼻环。金沙萨问什么时候有饭吃，护士问她预订了没有，她回答说没有。护士把表格从床上拿下来，堆在桌子上，说她理解，有的时候她也会因为太忙而忘了优先处理重要的事，别太责怪自己。金沙萨气不打一处来，说自己根本不知道要住院，到底是怎么回事？你能把手机给我吗？你指望让我待在这里，饥肠辘辘，没人知道我的下落吗？护士的眼睛红了，她的嘴唇颤抖起来，她说她很抱歉，一天工作下来，她已经筋疲力尽了，还说金沙萨让她想起了一个忍饥挨饿的朋友，那位朋友挺惨的。她一边抽泣，一边重新整理好桌上的表格。她说，那位朋友最后被关进了精神病院。

金沙萨小口喝着她的水。她必须挺过去。

她凝视着窗外闪闪发亮的云朵。她竟然没注意到划过玻璃窗的雨滴，还有那金色的电闪雷鸣。这是一场无声的倾盆大雨。在停车场灯光的照射下，风中摇曳的树木看上去就像是某种灰蒙蒙的生物。她约了格雷西和莫妮卡，明晚到常去的鸡尾酒吧吃饭；诺亚·戈尔登一定想知道扫描的结果；下礼拜，她还约好了和父亲在月度锦标赛上打多米诺骨牌，这周日，他会来找她讨论策略，顺便带些黑椒酱来。如果明天的扫描结果出了问题，那老爸可以帮她把消息带给妈妈。她觉得手上的皮肤很干，于是伸手去拿护手霜，却想起背包不在身边。

她滑下床，攥着那件尺码太小的袍子的后襟走出房间。空荡荡的走廊向两侧延伸开来，一片空荡，护士站在哪里？她飘飘忽忽地向左走，经过一扇扇紧闭的门，犹豫着打开其中一扇。门内的房间空空如也，和她的房间一模一样。金沙萨把门带上，觉得好像听到了什么声音，后背的汗毛竖了起来。

她回到自己的房间，在床上坐下，吸了一口气。雨还在下，她好想哭。她钻到被单下面，把被单一直拉到下巴。她可以试着填填表格，哪怕只是为了找点事情做。但他们没有给她留钢笔或铅笔。如果那本《圣经》还在，她可能会拿来一读。她昏昏沉沉地睡去。但愿明天能好些。

— 一只笼子，在寻找一只鸟 —

←

一闪雷声划过天空,她听得真真切切。门被猛地撞开,她惊醒过来,嘴角流着口水,迷迷糊糊地想是不是暴风雨吹进了医院。几位脸色苍白的护士冲了进来:一共六人,左右各三人,动作如军队一般整齐划一。护士长和蛋脸女士低头盯着她;那不是身穿红裙的母亲和一年前看过的那位灰眼睛的医生吗?金沙萨接连问了几声怎么回事?怎么回事?怎么回事?直到其中一个人用胶带封住了她的嘴。她们把她像蝴蝶一样展开,六双手,十二个手掌,六十根手指,这感觉难以忍受,让她直想呕吐。她们又搓又捏,把手深深插进她的头发里,仿佛把手指伸进动物的毛皮里一样拉扯、扭动、拍打。她们用指甲顺着她的背刮下采集表皮,仿佛她是个实验品,一种血管里流着酸的未知生物。她们抱着她,好像她是一种具有变形能力的生物,仿佛她能膨胀为充满房间的海洋,或是化身为能够飞翔的物种。她们像对待一个中风患者一样高效精准地把她翻转过来,仿佛要给她洗澡穿衣,但却不停疯狂地摩擦着她的皮肤,彼此大喊道:真软啊,不是吗?其中一个护士咂着她的手指,好像在品尝什么甘美的琼浆。

金沙萨挣扎着,她踢到了一个女人的胸部,用力过猛,那女人向后退着被卷入布帘,布帘被一把扯下,露出半边的床。金沙萨把她们打伤,抓挠某人的颧骨,揪扯某人一侧的乳房,她们大声叫喊,说她弄疼她们了。她从袍子的肩膀处松开固定储物柜钥匙的别针,但有人把钥匙从她手中打掉。

事后,她坐在窗边的椅子上。

←

第二天,大家来接她。她听到了他们的声音,走廊里一片喧闹,朋友们簇拥在母亲的身后,仿佛婚纱的拖尾裙摆。他们围着她的床,怯生生地摸了摸布帘,把残破的布帘拆了下来。他们的影子,让金沙萨想起了身体修长、在空中翱翔的鸟儿。他们给她裹上一条柔软的披肩,帮她换上半透明的棉裙。她的皮肤生疼。莫妮卡把她的头发分开,在头皮上抹油。布莱恩叔叔让房间里充斥着音乐声和她喜欢的颜色:紫色、草绿色、粉红色。诺亚摆上一碗橙皮和生姜,每个人都笼罩在香气之中。他的脸是里外颠倒的。母亲爬上她的床,抚摸她的脸颊和双手。父亲在一旁掉眼泪。

够了,母亲说。

他们在这片战场上举行了祈祷仪式,把她带回到他们身边。等她准备妥当,他们把她带了出去,离开了这里。

聚集在一起看着他们离去的护士们低声说：但她头痛还没好呢。欲裂的头痛。

作者　**里昂·罗斯**
小说家、编辑和教育家。她的第三部小说《风暴的一天》获得了英国女性小说奖、金匠奖和翁达杰奖等奖项的提名；2021年，她凭借一篇短篇小说获得了曼彻斯特小说奖。

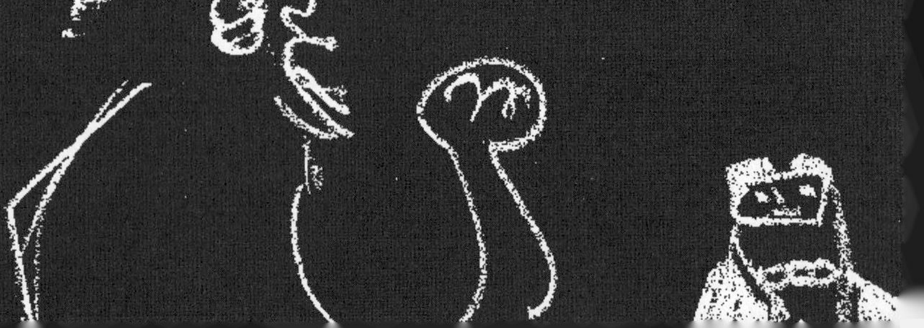

这个事实甚至可以
通过听觉来证实

查理·考夫曼 著

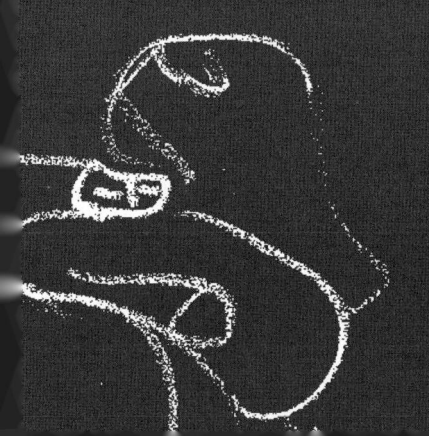

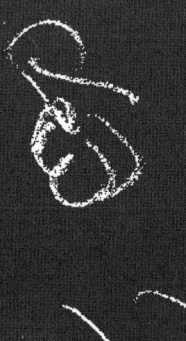

靳婷婷 译

I的状态不太好，迷迷糊糊，昏昏沉沉，大脑仿佛被一坨错误的肉所填充，不属于他自己，也许是别人的肉。今晚，他对这大脑没有全部的访问权限。他只能利用部分的权限，举例来说，如果愿意的话，他可以举起手臂，为了证明自己做得到，他真的把手臂举了起来，但不知为何，他的思想不知躲到了哪里。这陌生的大脑感觉密不透风，塞得满满当当，闷热而封闭，却不知为何满是灰尘的味道。他想象着从身体之外看自己，看着自己坐在这一小撮可悲的观众面前。他想，这仿佛是以第三人称的视角看待自己，然而事实并非完全如此，因为他是在通过自己的眼睛审视自己，因此完全看不到自己，但如果他是自己以外的某个人，也就是通过第三人称的视角审视，他就能够看到自己。真是让人头大。当然，即使是通过第一人称的视角，如果看到的是自己的映像，他也能够看到自己的身体，至少是身体的正面，还有自己的脸。但现在，他看不到这些，因为这个场地里没有镜子，再说了，就算有镜子，他也会避开视线，因为他不喜欢自己的脸。他觉得自己的脸很丑,因此,他庆幸能置身于体内朝外看。但他也会想,如果这张脸不是自己的,他可能就不会太在意它丑不丑了。真是让人头大。此外,就整个第三人称的概念而言,如果说 I 的确是被写出来的,创作出 I 的显然不是一个全知的叙述者,而是一位主观的叙述者,或者说是一群主观的叙述者,抑或是千千万万主观的叙述者。这是因为,I 似乎只能从别人的评价中搜集到关于自己的真相,更确切地说,是他所解读的别人的评价,因为就像对自己的大脑一样,他也没有别人大脑的访问权限。他们是怎么看我的?他边想边看着今晚在场的众人,现在,这些人并没有在看他,而是在盯着大声朗读他小说中一段话的主持人。他听不见她的声音,或者更确切地说,他没法专注于她正在读的东西。她的声音显得遥远而模糊,仿佛她是在游泳池远端的水下朗读一般。因此,他扫视了一下观众的脸。不管这段写的是什么,I 都真心希望他们能喜欢这段文字。然而,观众的脸上却毫无表情。他们讨厌我,他在心中瞎想。

主持人读完,抬起头来。

"您是什么意思呢?"她问。

观众的脑袋一同转向 I。

哦。

原来是轮到他发言了。

这群观众一共有六人：一位拘谨古板、围着打结领巾的上了年纪的女性；一个头戴贝雷帽、有气无力的年轻人；一个穿着棕褐色运动夹克的宽肩硬汉——I怀疑，他可能是个便衣警察；一个穿着海军正装礼服的海员；一个满脸愠色、一头黑发（可能是染的？）、身穿传统民俗服饰（可能是拉脱维亚服饰？）的女人；还有一个身材魁梧、身边堆着满满几只垃圾袋的女人——I估计，她八成是个进来避寒的流浪之人。在他看来，这群人正在不耐烦地等待他的回答，他知道，他们正盼着他出糗。人就像鲨鱼，一旦察觉到软弱，就会伺机俯冲。不对，鲨鱼不会俯冲。而且鲨鱼感知的是血腥味，而不是软弱。他的隐喻站不住脚。他想，他老是犯这种错误。话虽如此，失血过多的确会导致身体虚弱，所以说不定，鲨鱼确实能够感觉到——

海员咳嗽了一声。观众等得不耐烦了。在这些观众里，他最讨厌的就是那个海员。穿着那身傻不拉叽、剪裁完美的海员服，他觉得自己算哪根葱？

"您能重复一下问题吗？不好意思，我走神了。我眼睛里进了什么东西，好像是一块异物。"他撒谎推辞。

"我问，您是什么意思？"

一阵沉默。

"啊，我明白了，当然。没问题。"他说。

又是一阵沉默。

"什么什么意思?"他问道。

"刚才那段话。"

I使劲地点了好一会儿头,然后说:"那么,能麻烦您把这段话再读一遍吗?您知道的,我眼里进了东西,所以走神了。"

这一次,I全神贯注地听着。

> 每个人的脑中都有一个房间。这个事实甚至可以通过听觉来证实。比如说,在黑夜这种周围一片阒寂的时候,一边快步走,一边竖起耳朵仔细听,你便会听到一面没在墙上固定牢的镜子发出的咯咯声。[1]

这段话完全是陌生的,他好像从来没有听过,更不用说写过了。此外,这段话表达的观点也很疯狂,绝不是他能想到的。每个人的脑中都有一个房间?拜托……况且,就连遣词造句的方式都不像他自己的。但现在,脑中有一个房间的想法似乎已被灌入了他的脑子,植入了他的心中,让他感到似曾相识、心烦意乱。他担心这个关于房间的想法会在他的心中溃烂,像真菌一样生长,如同一间

---

[1] 原文出自卡夫卡的《蓝色八开笔记》。

巨大的真菌室，阴暗、多尘、封闭，由菌肉组成。他有一种不祥的预感，感到一阵恐惧。还有，"这个事实甚至可以通过听觉来证实"又是什么意思？把这句话从头读到尾，简直堪比一段生硬而矫揉的跋涉。难道他的书是被翻译成英文的吗？他为什么要用另一种语言写作呢？他只会说一种语言，不是吗？是的，没错，他羞于承认这一点，不用说，他唯一会说的语言当然是英语，尽管他在前几天还是去年什么时候买了一本《西班牙语常用语手册》，想要自我提升。当他尴尬地承认自己只会说英语的时候，外国人总是对他说："哦，那你一定是美国人了。"是的，他们说得没错。他确实是个美国人，对这一点，他还是有把握的。但是，他并不觉得自己像个美国人，或者更确切地说，他没有自己想象中美国人应有的感觉。他想象的美国人，会为自己的祖国而自豪，或者更确切地说，他想象的那些觉得自己像是美国人的美国人，会为自己的祖国而自豪。他猜想，除了那些因为自己是美国人而自豪的美国人，也有很多美国人会为自己是美国人而感到羞耻。也许有些美国人既不为自己是美国人而感到骄傲，也不为自己是美国人而感到羞耻，在他们看来，这仅仅是命运的偶然。他认为，这可能是看待自己的身份和地位时最有益于心理健康的视角。但是，无论对于自己是美国人的事实还是任何其他的特质，他都没法保持超然的态度。他必须为自己是美国人感到耻辱，因为有那么多人憎恨美国，而他们憎恨得理所应当。所以，他的本性迫使他把大家的仇恨往自己身上引。既然他必须说点什么（毕竟有十四只眼睛正盯着他），也许他可以干脆告诉主持人，说他根本没有写过那段话，也绝不可能写出那段话，如果有人想知道，顺便提一句：他为自己是美国人感到羞耻。但是，他怎么能说那段话不是他写的呢？毕竟那段话是她直接从他的书里读出的。既然书是他写的，就等于说那段文字也同样是他写的。等等。这是不是个骗局？一个恶作剧？不，她不可能这么做，没人会做这种事。可是话说回来，他并不真正了解这位主持人。至少他不这么认为。难不成他真的了解她？他的记忆力正在衰退，这一点他是确定的，或者说是非常怀疑的。如果说她真的是在搞恶作剧，而他却掉进了她设下的陷阱，试图把这段他既没有写过也永远不会写的荒谬文字当成自己的文字加以解读，那可怎么办？这可能足以断送他的职业生涯，即便只是在一群看似微不足道的观众面前。或许，就连观众也早已知情，他们可能是一帮托儿。他们的服装五花八门，看起来确实像一群古怪的漫画人物。如果经验教会了他什么的话，那就是现实中新书发布会的观众看起来都毫无特点：大多都穿着牛仔裤配T恤，在温暖的月份里，可能有一两个人会穿无袖连衣裙，偶尔还会出现穿着露肚装、容光焕发的孕妇。不管怎么说，即使观众不是托儿，一旦恶作剧被揭露，他们也会四处散播闲言碎语。所有人都在虎视眈眈，想要跟你针锋相对。当主持人透露这是一场恶作剧的时候，他该怎么给自己打圆场呢？他能不能说："是啊，我知道，我是在将计就计呢！骗到你了吧！"没有人会相信的。或许，他应该要求亲自读读这段话，这样一来，他不但能够确定这段话到底是不是自己书中的文字，还能顺带着给自己争取一点时间。

"把你书上的那段话让我看看好吗？ por favor[1]。"他一边把新学的西班牙语学以致用，一边用无力的手指朝主持人膝盖的方向指了指，他的书就摊在她的大腿上，"刷新一下我的记忆。"

I 想象着说着西班牙语、用手指戳戳点点的自己在外人看来的模样，也就是通过所谓的第三人称视角。一边说着两种语言、一边用手指带有侵略性地朝主持人大腿的方向戳戳点点，他担心这模样看上去有失体面。这并不是说她对他有什么性吸引力，但也不能说没有，而且他也确实喜欢女人的大腿。不知为什么，但他总觉得把头放在女人的大腿上，或者只是想象这幅画面，就能让他平静下来。也许这让他有一种被保护的感觉，就像把头靠在母亲的大

---

[1] 西班牙语，有"拜托、请"的意思。

腿上一样。原因大概就是如此吧。这倒也不是说他曾经这样做过。据他只能触及的不久前的回忆,他和母亲之间从来没有过那种亲密的关系。他的童年显得那么遥不可及,仿佛是从游泳池远端的水下观望,只看到一片模糊。

主持人把书递给他,他看到,没错,书里的文字和她读的一模一样。会不会是她在他的小说里粘了一页假充的内容?但她为什么要这么做?怎么会有人做这种事?更有可能的情况是,他忘了自己写过这段话。他的记忆力正在逐渐衰退,这一点他是记得的。不过话说回来,人心隔肚皮,尤其是在文学界。文学界里,人人都是骗子。尽管如此,他还是要继续下去,把这场访问撑过去。除此之外,别无他法。

"啊,没错,"他说,"是的,现在我明白了。是这一段呀。"

对于这段荒诞的文字,究竟能有什么可说的呢?没什么好说的。但正如罗伯特·弗罗斯特[1]还是什么人说过或写过的:唯一的出路,就是坚持到底。[2]

"这是,"他说,"一种隐喻。"然后,他把目光投向主持人,想看她是否满意。似乎还差点意思。他瞥了一眼观众。他们满意吗?他们仍是面无表情,他猜想,这不是无

---

1 罗伯特·弗罗斯特,美国作家、诗人。
2 出自罗伯特·弗罗斯特的长诗《仆人们的仆人》。

聊就是愤怒。他分辨不清是哪一种。或许二者都有，甚至可能还有第三种他辨识不出来的感情。

"我们，所有人……"他继续绕圈子，想要多堆砌些词语来消磨时间，"……的内在，都有一种空虚，不是吗？因此，我想象中的这个房间，也就是这个被我想象出来的房间，是空空如也的。这就是这段话的重点，不是吗？你们不认同吗？那么我们，我们中的每一个人，如何带着这东西继续前行呢？也就是说，如何带着这'空房间'继续前行呢？我找不到一个更好的词来替代'空房间'，或者更确切地说，'空房间'不能只算作一个词，不是吗？你们不这么认为吗？反正我知道，我是这么认为的。"

他又把目光投向主持人，她还在等着他继续说下去，但他已经说不下去了。虽然不想，但他还是不由自主地瞥了一眼她的大腿，想象着自己的脑袋靠在上面，在舒适的宁静中把这一个小时耗完，该有多惬意啊。他忍不住继续盯着看，眼睛已经不受他的控制，一切都不受他的控制。他又一次抬起手臂，想看看能不能做到。他很确定，无论是看主持人大腿还是抬手臂的动作，都被所有人看在眼里。最重要的是，他突然担心起自己的着装过于阴柔，生怕观众把他当成个花花公子。他的衣领是不是跟衬衫太贴合了？衣领边缘的线条如此有弧度，是不是缺少男性的阳刚?他记得,这种衣领好像叫彼得·潘领[1]。他怎么会知道这种事呢?这个大脑不是他自己的。这种衣领之所以名声大噪,始于女演员莫德·亚当斯在1905年版百老汇音乐剧《彼得·潘》中的装扮。他怎么会知道这种事情?《彼得·潘》的作者是J.M.巴里。这是另一个人的想法,一个他不喜欢之人的想法。一个自以为是的蠢货。他为什么会穿这件衬衫?他怎么会有这件衬衫?这件衬衫到底是不是他的?他努力回忆,自己什么时候买过这样一件——

"我不太明白您在说什么,"主持人说,"您能不能解释——"

"您难道没有孤独过吗?"I厉声道,"反正,我孤独过。"

语气不太对,太咄咄逼人了,但他必须得堵住她的嘴。她必须把嘴闭上,每个人都必须把嘴闭上。不巧的是,他的语气似乎是在指责她,但他可能才刚刚跟这个女人相识,她还没来得及支持他、安抚他,没能好好爱他,还未像欣然把他的书放在大腿上一样,欢迎他把脑袋靠在上面。他可以补充说,这本书是他写的,无异于印在纸张上的他的大脑,而这本书,就放在她的大腿上。她为什么那么乐意把他的书放在大腿上,却不愿把包裹着写出那本

---

[1] 彼得·潘领,又称娃娃领,是一种扁平的圆领设计,多用于童装和女装的设计中。

书的大脑的脑袋放在大腿上呢?毕竟,那本书就是印刷出来的他的大脑,不是吗?

噢,他需要有人来爱他。

但错不在她。

这毕竟不是她的责任。

他试着通过微笑缓和语气。置身于脑袋里的他看不到自己的脸,也不愿去看,因为他长得很丑。但他担心,在脑袋的面部区域露出笑容或许会弄巧成拙,这个笑咧得太大,露出了太多牙齿,不利于表达他试图传递的和解信息。他担心这个笑容反而会让他显得色眯眯的。他又老又丑,不该表现出挑逗她的架势。她理应感到恶心,观众也一样。然后,所有人各奔东西,把他那令人厌恶、老态龙钟的丑态宣扬给这个恶意满满的世界。这样一来,他就完蛋了。

"当然,"她表示认同,"可是——"

"那么,那就是你的空房间。被我说中了吧。"话落,他鞠了一躬。

他不该鞠躬,鞠躬的那一刻他就意识到了。这是一种直觉,但事实证明,这是一种糟糕的直觉。他的直觉本来就不准,但这些根本就不是他的直觉,是有人在幕后操纵。他抬起手臂,这次做得几乎神不知鬼不觉,他只是想再次确认。一切都不对劲。

他看到，主持人看了看她的手表。他亲眼看到了！她居然都没掩饰。她有什么毛病？她对他的公然蔑视，显然是不公平的。如果她那么讨厌他，为什么还要接这份主持工作？

"听着，这是一种隐喻，但也有充分的科学依据。"他厉声说，但本意并不是想让自己听起来尖刻，而是想表现得镇定自若。"镇定自若"是个词吗？他已经说不清了。是"镇定自若"还是"若自定镇"来着？

"我没明白您的意思。"主持人说。

"嗯，你一定知道，每个人的脑神经中，都有我们居住过的各种环境的地图。比如说，闭上眼睛，我们都能想象出自己的家，家中的布局，家具的摆放等等。正因为如此，我们才能在夜晚和黑暗中找到去厕所的路。对吧？所以我想说的是，如果我们仔细观察大脑中的房间，就会发现，这房间是我们对居住地的一种心理建构。"

他得意扬扬地转向观众，本想克制再鞠一躬的本能，但还是没忍住。

"大家都应该试试。试了就能看到。闭上眼睛，所有人都试试看！可好玩儿了！"

I不知道这所谓的脑神经地图是不是真的。他脑中突然冒出这个念头，于是就说了出来。听上去似乎说得通。但是，没有人闭眼。大多数人都在低头看地板。那个黑发的拉脱维亚女人没有看地板，而是怒视着他。主持人则是一副巴不得早点离开的模样。

"可能是这样吧，"她说，"但这跟您的小说有什么关系呢？"

"您这话是什么意思？"I问道，试图再次拖延，"我不明白您的意思。"他有一种冲动，想再次提起眼里进了异物，博取一点同情，但他不确定这个借口还能不能用。

"在我看来，作为流浪之人的I，似乎不太可能在脑中装一张家里房间的地图。"

I不知道I除了指他自己之外还能指谁。据他所知，他的书里没有I这个人物，更不要提什么流浪之人了。书中的每一个人都有家，这是小说的一个重点。

"我不同意。"他一边说，一边佯装漫不经心地随意翻看自己手中的那本书，却发现几乎每一页上都会多次出现一个叫I的角色。他还读到——主持人说得没错——I是个流浪之人。

拜托，这是什么鬼东西，他心想。

近乎惊慌失措的他猛然想起观众中那个四处流浪的女人。他不知自己对流浪之人进行了怎样的刻画，但这会冒犯她吗？他对流浪一窍不通，也绝不会屈尊去描述，尤其是在像她这样的专家面前。他不记得自己在这本小说里写了什么关于流浪的内容，而这本小说也似乎并不是他以为的自己写的那本。这本小说的描述可能有失准确。这本小说的描述肯定有失准确，让人难堪就更不用说了，就跟今晚的活动一样。但是，正如罗伯特·弗罗斯特还是什么人建议他的，他必须把这场……审讯坚持到底。这场采访，已经俨然成了一场审讯。

"嗯，I当然是个流浪之人，"他说，"但他或许并非向来如此。"

他停顿了一下，屏住呼吸，等待着主持人纠正他。她刚才看上去好像有话想说，但现在显然已经把这事抛到了脑后。于是他继续说下去：

"这就是I心中的那个家，他以前的家。我可以说，也要说，在某种程度上，支撑他活下来的，就是这个内心的房间、这段对于美好时光的回忆。"

"但是，如果这个房间代表着美好的时光，难道不是跟您刚说的房间象征孤独的观点背道而驰吗？"

"没有的事。"I没有解释原因。

一阵漫长的沉默。I又用恳求的眼神看了看对面的观众。他不确定自己想从他们那里得到什么，或许只是希望他们点点头以示友善，眨眨眼以表鼓励，但却一无所获。海员闭着眼睛，他是不是在尝试I的实验呢？顿时，I对他这个人和他的衣服产生了一种亲切感。

"一个人独处，也有乐趣。孤独不完全是坏事。"他扯着嗓子喊道。

主持人点了点头，低下头读自己的笔记，连看都不敢再看他一眼。

"葡萄牙人有一个词来形容这种状态，"他继续讲下去，"他们把这叫作'sagagiagio[1]'。"他依稀记得在某个与英语没有直接关联的单词表上看到过这个词，但愿自己没记错。

主持人又点了点头，或许她只是在下意识重复刚才的动作，假装在研究自己的笔记。

"所以，我想聊聊您对自小说[2]这一写作方式的使用。"她的声音已经小得几乎听不见了。

"当然，所有小说家都会在小说中使用自己生活中的原始素材。这是不可避免的，或者说是无可避免的，但是，把我的小说定义为自小说似乎有点，嗯，我是说，有点，稍微有点……从一定程度来说……您也知道的……毕竟……"他本来希望被主持人打断，被海员的咳嗽声打断，被任何事情打断。但是，等待他的只有又一阵让人如坐针毡的沉默。

---

1 这是主人公I瞎编的词。
2 自小说，也叫作伪自传、自传体小说。自小说的作者可能会用第三人称叙述自己的生活，修改重要的细节和人物，使用虚构的情节和虚构的场景，意在寻求和探索自我。

"不过,"主持人终于开口了,"您居然会用自己的名字直呼主人公,而且把封底上作者简介里的所有信息都写进了正文,连家庭住址、电话号码和家谱也公之于众。"

"听着,这只是一种文学手法。I 不是我。我们不是同一个人。我没有写自小说,所以我觉得没有必要为这种手法辩护。"

"我也没要求您辩护。我只是想,您似乎对这种……写作手法非常依赖,比如说这一段:

> I 和我之间没有区别。好吧,我承认。我把我的血液,连同血液里的 DNA 都洒在了书中,由此得来的产物,便是我以墨水的形式呈现、放在各位膝上的这本书。关于 I 的一切,无论是他带有侮辱性的思想,还是他那仿佛从别的语言翻译过来的莫名其妙、生硬刻板的文字,都是我本人。所以,如果我在未来的某天公开否认了这一点,不要相信我的话。这本小说本身,就是我对罪行的坦白。

I 惊呆了。这不是他写的文字呀。罪行?他能有什么罪行?这根本不是他自己的书。那是别人的罪行。天知道是谁的罪行。天知道这书里承认了什么罪行。他突然意识到,一定是印刷厂出了什么问题。就像医院里的婴儿被人调包一样，书也能被搞混。这种事时有发生。其实就在那天早上，他刚刚读到当地一家医院的婴儿调包事件。就在上周，另一家医院也发生了类似的婴儿调包事件。他应该在这本书出版的时候检查一下的。他为什么没检查呢？但话说回来，他好像检查过了，不是吗？他清楚地记得，自己翻阅过出版社寄给他的一本样书。那么，他到底犯了什么罪？又认了什么罪？

"这叫'自小说'，不叫'自事实'。"他胸有成竹地回答，这一次，他不需要鞠躬。

"的确。"主持人说，然后宣布问答环节开始。只有一个人提问，是那个拉脱维亚女人。

"女人的大脑里也有一个房间吗？"

"是啊，当然了，"他解释道，"我所谓的'人'，既指'男人'也指'女人'。"

"那你为什么不写成'男人或女人'呢？"

"这种说法大家都能理解。"I解释道。

"为什么理解的一方总是女性呢？你为什么不能说'每个女人的脑中都有一个房间'，这样男人就能理解了？"

"这样说就没人能看得懂了。"I回答。

那个一头黑发的女人上下打量了他半天，然后怒气冲冲地夺门而出。

主持人向I表示了感谢，也感谢观众的到来。

一共有三个人买了小说，在一张小小的可折叠欠命桌，或者说签名桌前，他用自己已经不熟悉的鬼画符花体字签了名。鉴于到场人数，这次的收成不错，百分之五十的观众买了书。那个戴领巾的女人走上前来，自称是他高中时的女友。他记不起她是谁，对她的名字也没有印象。她追忆起两人装扮成一匹马参加万圣节化装舞会的往事，说他趴在前面，没少对着她的脸放屁。签名桌旁的每个人都笑了起来。I 觉得无地自容，但也很确定这件事从没发生过。任何穿过双人马装的人都会有印象，更别说在里面不停放屁的经历了。若真的发生过这种事，这么多年来，他一定会千百次在午夜惊醒，重温当时的羞耻感。他在放屁的时候向来谨慎，事实上，他的前妻 L 常说，在两人二十多年的婚姻生活里，她从没听过他放屁，这也是 I 引以为傲的一大成就。领巾女士的故事完全说不通，更糟的是，她说了这么多，居然连书都没买一本。她来这里干吗？这个他完全不记得自己见过的骗子。他收拾好背包，握了握主持人的手，低头瞄了一眼她的胯部——真该死！——然后便离开会场，来到街上。

外面是清冷的夜晚。一大群打扮得漂漂亮亮的大块头年轻人，扬扬得意地穿着松松垮垮的亮眼服装，在街上尽情嬉戏。这条街不属于他们，而应该是 I 的地盘。他第一次在这里嬉戏的时候，他们还没出生呢，那时，他也会因为身穿亮眼的服装而扬扬得意，但他的衣服要比他们的衣服小些。这些街道应该是属于他的，但他年龄太大，已经不适合混迹于此。他年龄太大，哪儿都不适合去。那种无忧无虑已经一去不返，最近这段日子，无论做什么，I 都感觉不对。

他发现，自己就跟在那个四处流浪的女人身后，只见她正推着一辆购物车，里面堆满了她的大包小包。他应该向她表示感谢吗？他觉得应该这么做，尽管她来参加发布会只是为了避寒。但像他自己一样，她毕竟是一个人，因此理应被尊重。这样我们才能让世界变得更美好。

"谢谢您来参加我的新书发布会。"他经过她的身边，拿出一副仁慈豁达的模样。

"我一直很欣赏您的作品。"她说。

他大吃一惊，放慢了脚步，从钱包里掏出一张二十美元的钞票递给她，然后又立即感觉这样做是不对的。也许他应该把钱要回来，表明他并非有意假设她想要钱，或者更准确地说，他无意臆断她需要钱（因为钱是每个人都想要的！），他并不想侮辱她，这只是个意外。但想要做到这些，似乎没有什么不引起尴尬的办法。

现在，他只能在她身边与她并肩而行。她走路的速度跟蜗牛差不多（不对，蜗牛不会走路，只会延展和收缩身体蠕动）。他猜想，与他不同，她无处可去。他有处可去,有家可回,而且他走路时习惯脚下生风,这是出了名的。然而,在有可能刚刚羞辱过她之后便飞快走开,似乎很不礼貌。于是,他强忍着难受放慢脚步,搜肠刮肚地想说点什么。

"您喜欢我的作品,我很荣幸,"他说,"您有最喜欢的吗?"

这话可真蠢:您有最喜欢的吗?他难道是九岁小孩吗?

"我很喜欢《溺死在他的汤里》,"她说,"您的新书我还没买,所以还说不准会不会更喜欢。但内容听起来很吸引人,我很高兴您能探讨无家可归之人的问题。"

无家可归之人!可不是嘛!当然,无家可归之人!他一直在用错误的词。但这不是主持人的问题吗?一直把无家可归之人称为"流浪之人"的人不是她吗?这是她的错。

"您的书里已经写了那么多让世界变得更好的内容,"无家可归的女人说,"早该写写这个主题了。"

他点了点头,纳闷自己到底有没有写过这种主题,然后把手伸进背包,拿出一本小说来。也许,他可以用二十美元的价格把书卖给她?这样他就能要回那二十美元,给双方都留点颜面。但是,这本书的定价是二十五美元。他能不能找她要二十五美元呢?这样一来,他就是等于是从一个可能无家可归之人那里拿走了五美元,这样做似乎是不对的。他不想用折扣来冒犯她。可是,书护封的勒口处明码标着二十五美元,她一眼就能看到。他只能送一本给她以表感谢,这是唯一的方法了。

"我不能拍着胸脯跟您推荐这本书,但如果您肯接受的话,我想要送您一本。作为感谢。"

"哦!您可真好。能麻烦您题个字吗?'致 I'。"

"您的名字和我一样。"I 说,现在的他已被这一切折腾得筋疲力尽。

"我好像就是这样发现您的,因为我们同名。"

I 在书上给 I 题好字,递给 I。I 把书塞进她的一个包里。

"我喜欢您借鉴卡夫卡的那段。"她说。

"卡夫卡的那段?"

"就是'每个人的脑中都有一个房间'那段。"

"那是卡夫卡写的?哦!是啊,没错,卡夫卡。弗朗茨·卡夫卡。您能发现这一点,真是让我刮目相看。"

"是从凯泽和威尔金斯[1]翻译的英文版《蓝色八开笔记》里摘录的,对吧?R 居然不知道,这让我有点失望。"

"R?"

---

1 恩斯特·大卫·凯泽,奥地利作家、翻译家;埃特尼·威尔金斯,新西兰日耳曼研究学者、翻译家、诗人。

"就是主持人啊。"

"哦！想起来了。没错，那个主持人叫R。R，她人挺好的，但我对她有点意见。"

"她显然没有提前做好功课。您在对谈里没有把信息揉碎了喂给她是对的。您编出一堆胡话来解释何谓房间，我觉得这样捉弄捉弄她挺好玩的。我不想泄露您的妙计，所以忍住没笑。但这一招真的很高明。您说起蠢话来简直滔滔不绝！不只是在那个问题上，整场对谈您都在说蠢话！简直堪比智障！真是令人叫绝！"

"谢谢您。"I说。

难道他一直在抄袭卡夫卡的文字？他可从来没有读过什么叫"九开本"的东西。还是说，他读过？他很确定自己从没有听过这本书。但他的记忆力正在衰退。这一点他是清楚的。如果这个无家可归的女人知道这是卡夫卡的文字，其他人也会知道。书里还有其他抄来的内容吗？这会断送他的事业的。

他说自己有约在身，或者更确切地说，是即将有约要赴，但还是很高兴能遇见她。说完，他便匆忙往前走，担心自己穿着马裤匆匆走开的背影会不会看起来很傻。他不该离开她，但他又能怎么办呢，难道要整晚都陪着她吗？她又不是他的约会对象。她是吗？不，几乎可以肯定不是。无论如何，他必须想办法应对即将来临的剽窃指控。

他怎么会穿着马裤?

《溺死在他的汤里》又是什么东西?

在匆忙回家的路上,I不由自主地回想着他和I之间的互动。一切都不对劲。怎样才能和这个人有一段更有质量、更充实、更有人情味的交流呢? 他惊讶于她的言谈竟然如此得体,惊讶于她读过自己之前的作品,或者至少是署着他名字的作品。是不是叫《溺死在他的汤里》来着? 他为自己对她的臆断感到惭愧。出于尊重或忏悔,他试图充分勾勒她的生活,她的日常生活如何? 她睡在哪里? 会做什么样的梦? 人们如何对待她? 但他想不出来,他甚至不完全记得自己是怎样对待她的。他是个失败的人道主义者。

回到住处的时候,他发现钥匙插不进锁里。

哦。

他又试了一次。此时,外面已经下起了瓢泼大雨。他再次尝试,往钥匙孔里窥视。是不是有人把什么东西塞进去了? 会不会是一根牙签? 一只回形针? 葡萄干? 面包屑? 钥匙孔里好像没有什么东西。他坐在门口的台阶上,一筹莫展,浑身透湿。他再次尝试用钥匙开门,但仍是徒劳。他最喜欢的咖啡馆就在街角,可能吧,那里好像一直营业到十一点,也许吧。他可以到那里坐坐,把身上擦干。浑身湿透的时候,他无法思考。他向来如此,从小就这样。

现在时间太晚，不适合喝咖啡。于是，他点了一块胡萝卜蛋糕，上面还摆着一个糖霜制成的橙绿相间的胡萝卜造型，然后他检查了自己的背包，看看书有没有湿透。书有点发潮，但还有挽救的余地。他从里面抽出一本。他必须知道自己写了什么，好在面对剽窃指控时知道该怎么自我辩护。他注意到，这本书是献给 M 的。

> 是你让不可能成为可能，让不可爱值得被爱，让迷途之人找到方向，让流浪之人无需房子就有归处。从现在，直到永远。

他绞尽脑汁想要记起。M？他小学的时候认识一个 M。那是一个性情忧郁、脸色苍白的男孩。同学们挖完鼻孔，会假装友好地拍拍他的背，趁机把鼻屎抹在他的衬衫上。会不会是那个 M？他俩的关系并不亲密。M 在 I 的同学录里写了这么一首小诗：

> 我不是一个诗人，
> 我没有名气，
> 但请允许我，
> 把名字签在这里。

M 把"诗人"写成了"寺人",这让 I 很生气。这下,他的整本同学录都被毁了。他真的很想纠正这个错别字,只需添上两笔就行,但他知道这样做太过小家子气,何况,这对于 M 的纯洁感情是不公平的。被人欺负、浑身上下抹满了鼻屎的 M。所以,他没有修改"寺人"。这个错别字让 I 整个夏天都耿耿于怀。M 把他的同学录给毁了,这是他心里永远也过不去的坎儿。所以,此 M 应该不是彼 M。

他读了第一章:

> I 的状态不太好,迷迷糊糊,昏昏沉沉,大脑仿佛被一坨错误的肉所填充,不属于他自己,也许是别人的肉。

这不是他的书的开头。他的书是关于商业渔民的,但是,这段话并不完全陌生。不知为何,这段文字给人一种真实感,虽然表达这段文字的声音不属于他。他继续往下读:

> 今晚,他对这大脑没有全部的访问权限。他只能利用部分的权限,举例来说,如果愿意的话,他可以举起手臂,为了证明自己做得到,他真的把手臂举了

起来……

他一边读,一边不知不觉地把手臂举了起来。

……但不知为何,他的思想不知躲到了哪里。这陌生的大脑感觉密不透风,塞得满满当当,闷热而封闭,却不知为何满是灰尘的味道。他想象着从身体之外看自己……

I想象着置身于这间咖啡馆里的自己,浑身湿透,困惑,丑陋,举起他同样丑陋但好在还有衣服遮盖的手臂。一群穿着露脐吊带装的年轻漂亮的姑娘正看着他窃窃私语。他好想回家。他为什么不能回家?到底怎么了?突然,他想起来了什么,于是翻开书浏览,直到翻到据称属于他的地址、电话号码和家谱。这地址、电话号码和家谱显然不是他的,但毕竟,今晚的一切都不对劲。他拨通了那个电话号码,直接接到了语音信箱:我们现在不能接听电话,请在哔声后留言。

他感觉,这听起来像是他的声音。他留了言:

"我是I,这个电话是个测验。"

I冒雨来到小说中I的住处。他用钥匙轻松地打开了大门的锁,然后朝I的公寓走去,又用钥匙环上的另一把钥匙轻松打开了公寓的门锁。

公寓空空如也,好像无人居住。这是一个单间,闷热、封闭、满是灰尘,墙上挂着一面镜子。I走进屋的时候,镜子咯咯作响。房间里有两扇窗户,他透过一扇向外凝视着雨夜。他喜欢这里的空旷。他的另一间公寓,也就是他真正的公寓,塞满了回忆、家具、小玩意和书籍,这些人工制品,是一段悲惨的婚姻和他犯过的所有可怕的错误留下的,已经成为压垮他的重担。这个新的地方不能算得上是个全新的起点,因为墙上的油漆已经剥落,房间里脏兮兮的,散发着一股霉味,但毕竟,这里没有那些不断勾起回忆的东西。电话机旁边的答录机在闪烁。他按下播放按钮。

"我是E,这个电话是个测验。"

他相当肯定,这不是自己刚才说的话。这话不像是他说出来的,不但有违他的人生哲学,而且简直有点荒诞可笑。他总说世界上没有测验,如果有的话,那么测验中的提问者是谁?这个问题,通常能让对方把嘴闭上。再说了,他的名字不是"I"吗?为什么电话答录机的留言说的是"E"呢?不管怎么说,现在他的身体已经没那么湿了,可以更清楚地思考了。

这地方不错,比他之前住的公寓要好。明早,他就可以订购一张床,或许再订些炖锅和餐具。但他会这么做吗？他能这么做吗？这毕竟不是他的公寓。现在他的身体已经完全干透了，但要想保持思路清晰却越发困难。钥匙能开这里的门，却开不了另一间公寓的门。他在书中所写的地址在这里。但是，虽然这本书属于自小说的范畴，但小说不也是虚构的吗？显然，他不像书里的I那样无家可归。是I还是E来着？无家可归的人是谁来着？等等，书里那个无家可归的E，难不成就是他今晚遇到的那个无家可归的女人吗？但是，书中的E是个男性。……他是什么时候脱的衣服？什么时候把衣服晾起来的？他想不起来，他为自己的裸体自惭形秽，只得从窗口挪开。诚然，性别是可以流动的，他一边想一边穿上内裤——这是他的内裤吗？看上去和他的不一样。他的内裤上有这么多的扣子和拉链吗？他坐在沙发上，这里之前有沙发吗？他翻开那本小说，现在，那本小说的书名变成了《波普爵士肉毒杆菌布鲁斯》。他随便翻开一页，试着往下读。但他没法集中注意力，突然之间，一阵恐慌让他如梦初醒：这沙发到底是谁的？在他之前，有谁曾赤身裸体地坐在上面？但是，他还是不由自主地放松了下来，沉入柔软的天鹅绒之中，一股探索欲和一切安好的感觉油然而生，这或许是他有生以来的第一次。他读道：

E终于躲开了外面的雨水，赤身裸体地躺在她新买的天鹅绒沙发上,开始读起那本上了年纪的作家以二十美元卖给她的小说。"变化突如其来,让人莫名其妙。有一天,你的皮肤上突然出现了一个黑斑,还是说,这个黑斑一直都在?或者说,这个黑斑是逐渐出现的,仿佛夜幕逐渐降临一样随时间渐渐变黑,只是你一开始没有注意到而已。因为你没有留意,因为你没有花时间好好观察,于是突然有一天,这个斑点变得如此之黑,到了无法忽视的程度。物质守恒定律告诉我们,这个黑斑一直以某种形式存在于宇宙的某个地方。这个想法或许能给你一些慰藉,如果你不觉得当下这黑斑的形态可能预示着你命不久矣的话。"

E抬起头来。他也不记得自己写过这一段,如果这一段也是剽窃来的,那么他的麻烦就大了。何况,当局也知道他的个人信息,可以拿着这本书顺藤摸瓜。剽窃是一种犯罪。之所以知道这一点,是因为他为这本小说做过调研,或者至少为他认为自己写过的那本书做过调研,也就是关于那位兼职——或者说接私活——做剽窃者的商业渔民的故事。剽窃者可能被判处高达二十五万美元的罚款,还可能面临长达十年的监禁。E的主人公桑德斯·马

— 这个事实甚至可以通过听觉来证实 —

克尔巴克特[1]被另一位同为渔民的作家圣地亚哥[2]指控,他声称马克尔巴克特抄袭了他的作品,还用茶叶把手稿做旧,让抄袭的手稿看起来比原稿创作时间更早。

话说回来,如果鲨鱼不会俯冲,一旦察觉到软弱就伺机俯冲的生物到底是哪一种呢?E心想。人!当然是人!或者,为了避免冒犯那位拉脱维亚女士,更准确地说,应该是男人和女人。

钥匙插锁的声音。

公寓的门打开了,来者是那位拉脱维亚女士。

哦。

她和E一言不发,满脸狐疑地面面相觑。

"E,"她点了点头,然后走进来,关上门。她走到役畜前,或者更确切地说,是走到衣橱前,打开门,从身上湿透的拉脱维亚服装中挣脱出来,把湿衣服撒在地板上,换上她的长袍。这里以前有役畜吗?或者更确切地说,这里有过衣橱吗?他想不起来了。那位拉脱维亚女士打开窗户,点上一支烟,凝视着窗外的雨。E知道,他必须说点什么,但是该说什么呢?他能对这个陌生人说些什

---

[1] 桑德斯是小说《古董家》中的人物,是一位年老的渔夫和走私犯,小说作者为英国著名历史小说家、诗人、剧作家和历史学家沃尔特·司各特。
[2] 圣地亚哥是小说《老人与海》中的人物,作者为美国记者、作家欧内斯特·米勒尔·海明威。

么呢?

"今晚的拉脱维亚民族舞会怎么样?"

"还行,就那样吧。我把我的拉脱维亚摇铃弄丢了,只能像个白痴一样,空着手摇来摇去。"

这已经不是她第一次把摇铃弄丢了。E利用他的脑神经地图搜索着她可能把摇铃落在的所有地方:书架上,桌上堆着的报纸下面,电视下的柜子里。他记得好像之前在电视柜里看到过,于是便朝电视走去。

"拜托……现在别去找了,"她烦躁地说,"有什么意义,我现在不需要了。"

他停了下来,叹了口气。

"别再为那段话生气了。"他说。

她沉默了片刻,吸了一口烟。

"你知道我当时的感受。"她说。

她说得对,他真的知道她当时的感受。但他是怎么知道的呢?这一切是怎么发生的呢?

"但重点在于:性别是流动的。"他说。

"这话放在这种背景下怎么说得通?"

"'性别是流动的'在任何背景下都能说得通。这一点我们不是达成共识了嘛。而且,我刚刚发现那东西根本不是我写的。"

"你是说那段话吗?"

"很显然,那段话是我抄来的。从卡夫卡那儿抄的。"

"你从没告诉我你是从卡夫卡那儿抄的。你对我总是藏着掖着。"

她的眼睛盈满了泪水。

"这本书的一切都是那么陌生。但今晚我读的时候,却感觉越来越熟悉了。我不知道这是因为我回忆起了自己写过这段话,还是因为我回忆起今晚读过这段话。"

"我们为那个该死的段落争论了两年。"她似乎很伤心。

他在厨房的柜台上发现了一只西红柿。鲜红,闪亮,完美无瑕。公寓里没别的食物,而且只有一把刀,银白,锋利,闪亮,完美无瑕。他用刀把西红柿切开。里面的果肉又白又硬,结结实实,隐隐带着番茄果肉的纹路,让人很是反胃。

"西红柿坏了。"他说。

"是在那家坑人的市场买的,"她说话的声音恍恍惚惚,隐约像在梦里,"这个城市里到处都是坑人的市场。身为女人,能怎么办呢?我说的'女人',是统称的'人'。"

"我不知道是不是该凑合吃了它。"

"如果果肉发棕了,就放下。如果发红,就吃吧。"

"果肉是白色的。"

"如果是白色的,就咬一口。"

他咬了一口,然后吐出来了。

"质地和水泥一样。"

"吃起来像水泥?那就吐出来吧。"

"已经吐出来了。"

"真乖。"

一股自豪感油然而生。他意识到他爱她,而且爱了很长时间。当然了,她是M,是他的M。M拥有让不可爱之人值得被爱的魔力。

电话铃响了。

M把目光投过去,E盯着电话。现在,电话正放在一张小便桌上,更准确地说,应该叫小边桌。他知道自己必须去接,但又无法去接。他还是接了。

"喂?"

"电话号码是我从你的小说里找到的。"那个声音说。

"是吗?"

"我是那个穿着棕褐色运动夹克的宽肩硬汉。"

"哦。"

"我就在你刚才的新书发布会的观众席上。我有可能是个便衣警察。"

"没错。"

一阵沉默。

"我能为您做点什么吗?"E问。

"我一直在读你的书。你也许还记得，发布会之后我买了一本。"

"是，我记得。没错，我确实记得。"

又是一阵长时间的沉默。E害怕起来。

"这本书引出了一些问题。"

"这话什么意思？"

"你在书中供认的那些事非常——"

"这是一部自小说，"E打断他，"先生，小说是虚构的。"

"没错，"对方说，"不过，书中有些只有罪犯才会知道的信息。"

E努力鼓足勇气，又是一阵沉默。

"犯了什么罪的罪犯？"

但耳边却只听到拨号音。

E拿着听筒，呆站在那里。M坐在沙发上看着他。

"来吧，"她说，"把头放在我的大腿上。"

这是E最求之不得的，但他必须读书，必须弄清楚他供认了什么。

"我能把头放在你的大腿上读书吗？"

"把头放在我的大腿上，闭上眼睛。我来读给你听。"

E挂了电话，满怀感激地向她走去。

M读了起来。

我浑身透湿，在街上徘徊。仅仅是我的存在，就已经造成了伤害。我尝试过改变，也的确有所改变，但这并没有让事态有所好转。比我更有智慧的人曾说，人不杀戮就无法存活。我并不想杀戮。我认为自己是个和平、也热爱和平的人。我试着做一个善良的人，但即便是对善良的拙劣尝试，也造成了痛苦。

"真是这么写的吗？"
"事实难道不是这样吗？"
"越听越觉得熟悉。继续往下读吧。"

"我会改变的，"我哭着说，"我会改变的。但有一件事是我无法改变，或者不愿改变的，那就是我无法对任何人揭露自己的真实身份。我想要活着，想要自由，但我知道，我就像铀，为了大家的福祉，我必须待在铅壳里。而我的铅壳，就是我的头骨。我一直都知道这一点，至少从记事起就知道了。我记得，我曾经鼓励大家在我的铅壳上画上漂亮、多彩的画，而我则带着满头的画，自豪地面对世界。"

E 环顾四周，他的房间，他的家，他的监狱。切开的西红柿放在柜台上，现在周围堆上了一盒意大利面、一颗柠檬和一袋打开的开心果。抽屉里堆满了餐具，橱柜里塞满了洗了又脏、脏了又洗，这样循环往复了千百遍的盘子。这一点，他无须打开橱柜，也无须从读着他写的小说的 M 的大腿上抬起头来就知道。书架上的书有一些是他读过的，大多数是他没有读过的。《蓝色八开笔记》就在那里。他知道，那一段文字标注了下划线。他想起了那一页空白处熟悉的鬼画符花体字迹。上面写着："抄下来！"

M 继续往下读，她的声音在 E 的周围飘荡，描述着从容不迫的花体字书写的情节。

故事不断转折。当 E 穿过一片堆满了废弃汽车的荒野时，故事闪闪发光，反转起伏，里面的字句忽而有了新的意义，忽而又意义全无。一个身穿蓝色 T 恤的男人拎着一架长得过分的梯子。E 惊慌失措，跳上了一辆锈迹斑斑的汽车，车子太小，他只能蜷缩在里面。天空渐渐变暗。下雨了吗？不，只是夜幕降临。那个拿梯子的人被黑暗蒙住了双眼，笨手笨脚地把梯子撞在一辆辆汽车上。砰砰的撞击声越来越近。如果他用梯子撞上了 E 的车，I 就会死去。这是 E 在脑中想象的一种迷信游戏，但也的确是事实。他一边眯起眼睛在黑暗中寻找那个拿梯子的人，一边把纸袋里油腻的快餐往嘴里塞。汽车慢慢开动，黑夜变成了一间黑暗的地下室。那是一场聚会。海员在那儿，上唇画着八字胡。还有那个戴着贝雷帽的有气无力的年轻人，他也有八字胡，但他的是真胡子。汽车开过去的时候，人群分开让出一条道。然后，E接连放了好几个屁，他回头看去，发现后座上坐着那个打领巾的女人，还有一个既像十几岁、又像五十岁的人，一脸的厌恶。E无地自容，从当时已经变成马装的汽车里爬了出来，跑上楼梯，走出房子。他是不是在像马儿一样疾驰？他再也回不去了。

E在一阵羞耻感中醒来，因为他在梦中重温了高中时穿马装的事件，为了这件事，他曾千百次在羞耻感中惊醒。从当时在场、之后便会离场的一小撮观众的反应来看，感到如此羞耻简直是浪费感情。只是一个屁而已，不值一提。但是，他却无法摆脱这种感觉。他的高中女友L已经闻到了来自他体内的可耻的恶臭。他这一生都在躲躲藏藏。他盯着天花板。

M走了，房间空了下来。他知道，她和家具都会回来，然后又会消失。有时，她和家具会像影子一样出现，有时却仿佛可以触摸得到。他知道，他在这段人生中犯下的错误，并不比在其他人生中犯下的错误容易承担。他知道自己爱着M，却也在今晚之前与她素昧平生。他知道，在E之前，他曾经是I，还会再次成为I。然后再变成E，再变成I，再变成E，再变成I。

哦。

当他蹑手蹑脚地走到打开的窗前时，镜子又发出了咯咯的响声,仿佛是在发出召唤。窗外一片漆黑,但这不是黑夜使然。他感到一阵燥热,闻到了血的味道,也嗅到了肉的味道。

他可以举起手臂,触摸这堵挤压成房间的肉墙,但他没有。

作者 **查理·考夫曼**

编剧、导演。撰写《暖暖内含光》《纽约提喻法》《改编剧本》《成为约翰·马尔科维奇》等剧本。四度入围奥斯卡金像奖,三次提名美国电影电视金球奖电影类最佳编剧奖,三度摘得英国电影学院奖最佳编剧奖,两度摘得美国科幻电影重磅奖项土星奖,金狮奖,金棕榈奖。已出版长篇小说《蚁》。

上帝的门铃

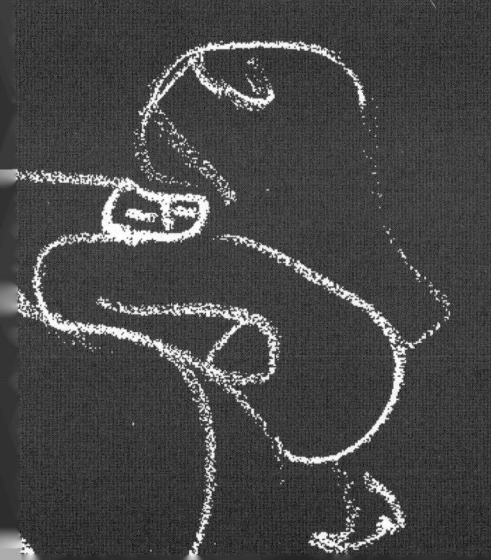

娜奥米·奥尔德曼 著

王家敏 译

如果能在不攀登巴别塔的情况下建造它,那应该是被允许的。

——卡夫卡

通过机器,我们听闻了一些令人不悦的往事。

我们人类无意重蹈覆辙,毕竟祖先发明"迅译"并非为了让我们卷入这类事情。

人们一开始的目的,当然不是挑战上帝。我们有时候口无遮拦,也保有难得的天真,我们并非傻瓜。我们只是想与上帝建立联系,比如通过建造一座塔。这种沟通方式很常见。

"巴别塔"这个词在阿拉伯语和古巴比伦语中的意思是"上帝之门"。我们获得这些上古知识依靠"迅译"。现如今,我们知晓的东西相当多,信息量也与日俱增。我们不停地对话,不停地翻译,互联网每秒向我们展示数以百万计其他人的想法。这种无缝沟通很像心灵感应,我们已经发展到拥有集体意志与集体思想。自战争以来我们就精通于此。互联战争结束后，这套体系步入正轨。

那么，如果上帝有一扇门，我们至少可以去看一眼，对吧？

人们喜欢讨论上帝或众神的存在。万物有何意义？人类由何处而来？这一切的背后是否存在更高的意志？人们痴迷于各种传说。有一种想法成为共识——很难考证具体是谁最先想到的，对现在的人们而言，进行清晰的溯源极有难度——许多古老的传说都指向上帝或九天之上的众神。

众所周知，人类曾乘坐巨大的宇宙飞船进入太空。上帝并不在那里，天使、天神们也都不在。人类共同意识到了这一点，即上帝可能并非物理空间中的实体，而是一种状态或过程。上帝（或者众神，具体的称谓并不重要，我们发现万物可以同时既是多个又是单个的形态）或许只能通过某种特定的行为来触达。这个行为有点儿像是在按上帝的门铃，比如说，建造一座通天塔。

我们的人工智能表示这值得一试，但也提醒："切勿登上这座塔。无论攀登它有多诱人，都不要去，交给我们来处理。您忠实而友好的机器。"好吧，我们一致表示同意。你得明白，这是大家达成的共识。实际上并不需要经过决策流程这类烦琐的程序，我们的想法十分清晰。

于是,开始建塔。

如今,我们依靠机器来做大多数事情。通常情况下,它们值得信赖,但不适合交谈,真的不适合。不过,人类只要做出某个决定,或萌生某种想法,它们擅于将其付诸行动。我们告诉机器,人类需要足够的食物,它就为我们实现。我们希望有广阔的荒野可供探索,机器就让这个愿望成真。这些机器还能生产其他机器,进而造出更多的机器,它们以各种方式确保世界美丽、清洁、生机盎然。机器为人类制作了半透明的银色休息舱,它促进了人们之间的交流,也提供了安全的环境供我们性交,有时还能生育孩子。

你一定明白,我们生活在天堂。

我们都相当知足。人们听说过战争——互联战争或是其他更早的战争,但实在无法理解这是怎么发生的。我们通过互联网阅读了相关的历史,展开了讨论,但仍然一头雾水。这太不可思议了,就像是一个人在攻击自己的腿,或是一栋楼与自己的地基开战。我们猜测这与交流不充分有关。我们无时无刻不在互相交谈——主要是谈论彼此。比如谁想和谁偷偷发生性关系,谁生气了,谁情绪低落,谁陷入了悲伤,谁的孩子在生闷气,又或者谁是一位思想家。我们喜欢观察动物,我们乐于看到事物成长,我们阅读文化、历史、音乐、艺术相关的文章并发表自己的看法。一些人乘坐火箭进入太空,探索其他行星。人们向来喜欢探索,而如今我们得以共同参与其中,比如我们中的一员探访了新大陆,所有人都能看到。我们确实知道,人类这个物种在机器出现之前就有自己的历史,但这听起来不尽如人意。

偶尔,我们也会突发奇想,就像这次。

这座塔由银色半透明物质制成,与休息舱的材质相同。机器工作时,如同蝇群在塔的周围盘旋。当一台机器坠落,其他机器就会把散落的碎片收集起来,组装成一台新的机器,显得非常吝啬。我们的祖先创造了机器——我们可以再次学习如何制造它们,但没必要。祖先留下了机器和某些控制方法,这意味着我辈得以成为这种人——知足的人。我们认为,这是一种来自祖先的爱。对我们的爱,对后代的爱。

塔在阳光下扭曲而闪耀,像是一根冰柱——紧接着,我们就看到了一百万张冰柱的照片;像是独角兽的角——刚萌生这样的想法,程序又为我们生成了一千万张独角兽角的图片。

我们说:机器对这件事过于重视。

我们说:看起来,它们也好奇天上有什么。

我们说:哈哈,想象一下,如果机器也像人一样有欲望,它们接下来会做什么?进入休息舱里性交?

所有人都笑个不停。

我们盯着一条毛毛虫,其中一个人观察到它正在结茧。我们阅读并理解了有关毛毛虫和蝴蝶的所有信息,为之惊叹,又觉得好笑。在一番互相调侃后,我们前去休息舱里做爱。

在野牛奔跑的大平原上,塔越来越高。塔基的占地范围很广,和一座废弃城市差不多,徒步穿越需要五天,甚至更久。塔基是一圈透亮的玻璃材料,向上逐渐变成了复杂的曲线与螺旋——它看起来更像通透的空间而非实体。有些人觉得这个设计很美,有些人则感到诡异和不安。我们询问了机器,机器回答,实心结构容易受到风的影响,也容易受到地质活动的影响,向上延伸只能采用轻量设计。或者说,就结构设计而言,这些镂空是必要的。

差不多在这个时候,很多人不再关注这座塔。四季更迭,造塔工程持续进行,人们的生活也依旧充满娱乐和趣味。我们中的一些人假装与互联网上的其他人开战,后来,错过开场的人还以为这是真的,我们因此笑破了肚皮。一些人注意到食物的品类变少了,性交舱也不如此前整洁。我们询问机器是否在造塔上投入了太多资源,机器说，工程到了最困难的阶段，人们应该会对最终的成果感到高兴与激动，这一切都是值得的！

我们说：机器表现得有点儿奇怪。

我们说：叫它们放缓进度就行了。

我们说：进展如何了？机器们，不用太赶。一些人想让你们在平原尽头安装一个瀑布，我们认为这件事儿应该优先。

机器说：好吧，也许应该让你们知道我们发现了什么。

通过机器的眼睛观看，和亲眼所见不太一样，不过也足够逼真了。塔现在有二十多英里[1]高。在地面上使用双筒望远镜或机械放大器，我们几乎可以看到无人机在塔顶盘旋的灰尘，但肉眼已看不出任何结构上的变化。对我们而言，它就是一个玻璃工艺品，美丽但乏味。然而，在塔顶，情况就不同了。

通过无人机群的眼睛，我们在塔顶巡视了一圈。人们曾经从地表上方的许多火箭飞船上获得过这样的视角。我们虽单纯，但并非无知。起初，我们所期待的景象尽收眼底：天空云卷云舒，地面河流蜿蜒，湖泊形状各异，绵延

---

1 1英里≈1.609千米。——编者注

起伏的平原,茂密壮观的森林。这一切太美了,我们曾见过这些景象。有些人一看就是好几个小时,有些人却向来无意欣赏。世界是一个有机整体,我们也是它的一部分。

我们说:那又怎样。

我们中的一些人,比其他人更爱挑衅,说:那他妈的又能怎样。

一些人说:看个屁啊。

一些人说:哇哦,它们是怎么做到的!

它刚出现时,只是机器屏幕边缘闪烁的微光。我们以为是无人机群,但它看起来更大,同时又更小。这些影像给人身临其境的感受。我们看着同一个地球的各种图像,流泪了。我们不知道为何而哭泣。我们看着优雅壮观的云涌,听到了某种热烈的音乐。我们不约而同地对着麦克风哼唱,用长笛演奏旋律,机器也开始录制。这是同一首乐曲,或是同一首乐曲的片段,给人的感受是相同的——像爱,像悲伤,有秩序,又意味深长。

我们中的一些人不喜欢这样。

一些人说:看吧,早就说过嘛!上帝是一个过程,建造本身就契合了这个过程。

一些人说：这是机器出了故障。

一些人说：有谁知道造塔的想法最初是从哪里来的？

一些人说：这是什么意思？这到底是什么意思？

这座塔也呈现出意料之外的奇特形状。建塔必须考虑风力和其他外力——是机器告诉我们的，这些力量并不是它们预期或计算出来的。它们只能在这一过程中顺势而为。当无人机群在塔的周围徐徐盘旋时，我们看到了塔的明面与暗处，看到了半透明材料的生长，有的恣意横行，有的几经思量，有些部分则传达了一个新的观念，或一个隐秘的词。

我们说：这不像是我们喜欢的东西。

我们说：这种结构是如何做到的？

我们说：我们听到的是同一个词吗？

机器们说：我们认为，有必要继续造塔。

我们说：是的，我们认为你说得对。

然而，我们感到不安。

我们回过头来阅读了古籍中的故事。过去几个世纪里，人们对这段文字的研究并不多，大多数人也从未读过。这个故事讲述了过去的人是怎样的，而我们已经不复从前了。就是这样，非常简单。

"那时，"故事里说，"天下人都用同一种语言，讲同一种话。[1]"

我们理解这部分，也对此深有感触。

后面有一个情节过于跳跃，作者像是漏写了一段话，直接讲到一群人从一个地方迁徙到另一个地方。可能不太重要吧。

我们之间就这部分的含义产生了分歧，但我们决定不让争论扩大。

故事继续发展："他们彼此商量说，来呀，我们烧些砖吧。"我们很理解这种说话方式。有时我们就是这样说话的，因为作为一个群体，很难说出非常复杂的话。

"他们用砖作石块，用柏油作水泥来造塔。"

我们说：这听起来像是机器写的。我们都心领神会地笑起来。

"他们接着说，来吧，让我们建造一座城和一座高耸入云的塔，这样我们可以扬名天下，不致分散在地上。"

好吧，这根本就不是我们感兴趣的。我们放心了。这个故事与我们无关。

---

[1] 引用的故事及原句出自《圣经·旧约·创世记》。

人们对扬名立万很感兴趣，但往往是常规的途径——比如创作艺术品或制作优秀的视频（这是一回事），在体育或性交方面表现出色（这大致也是一回事）。这座塔不会为任何人扬名。是机器们在造塔。这不是人类所能完成的任务。

我们得解释一下：我们知道人类以前不是这样的。我们的祖先创造了机器，他们是那种会自我毁灭的人，自毁到只能创建这个世界以保证后代的安全。我们都说着同一种语言（至少通过"迅译"是这样的），也得到了机器的照料。只要我们保持交流，就不会有灭顶之灾。故事中的那些人是旧人类的一部分，他们想通过建造一座塔来扬名。这不再是我们想要的东西了。为了阻止人们自相残杀或是毁灭世界，人性中的某些部分只能被清除。我们意识到了这一点，但又无暇深究。

故事继续：上帝从天而降，要看看人们正在建造的城市和高塔。

一些人说：当上帝降临看到塔时，会像能品尝音乐一样奇妙，并由此创造新的词语吗？

一些人说：我还以为上帝应当爱我们。

一些人说：诸神有自己的应做之事。

在故事中，上帝说："看啊，他们同属一个民族，都用同一种语言。现在就做这样的事,如果继续下去,他们会为所欲为。"

当我们看到这一幕,一丝恐惧涌上心头。恐惧在交谈中蔓延。所有的语言,所有人类之间的对话,所有被分享的图片、视频和好玩的集合,逐一被恐惧渲染。

在故事中,上帝说:"让我们下去,变乱他们的语言,使他们彼此言语不通。"

这不是我们想要的。
我们也知道这将如何发展。
我们已经看到了历史。

故事的结尾是:"于是,耶和华把他们从那里分散到世界各地,他们便不再建造那城了。"这就是故事的结局。

那正是我们曾看到的。
在过去的照片中。
零散、破碎、废墟、焦土。

我们对机器说:听着,我们已经对此事进行了详细的研究,我们有充分的理由怀疑你们的所作所为对我们任何人都没有好处。

我们对机器说:你们无疑做了些"好事",这是显而易见的。你们可真行,真为你们感到骄傲。

我们说:停下来,现在就停下来!

我们说:有没有办法让我们不用机器也可以交谈?

但机器已经变得非常易用、智能,我们中很少有人能在不依赖"迅译"的情况下与他人交流。

机器说:我们保证不偷听。

但我们不相信它们。

机器没有停止。在高层大气回旋的黑暗中,塔变得越来越高,越来越细,越来越缥缈。在某些地方,它是由一个又一个手拉着手的微型机器组成的。机器把自己越造越小,使得这个建筑前所未有地又高又挺。它宏伟而辉煌,令人畏惧,又震撼人心。它的感观就像炎炎夏日里的雨水,沿着玻璃窗飞溅而下,模糊了整个世界,干涸的大地喜极而泣。它听起来像金属圆盘移动时相互摩擦,如同一台巨大的机器正为了进行某种可怕的终极运转做准备。

我们说:我们还以为只要人类不上塔就会没事。

机器说:不会有事的。

我们说:我记得你们说过不偷听的。

机器说:什么?

我们说：你们保证过。

机器说：抱歉，现在无法应答。

我们惊慌失措。

我们说：我们该怎么办？我们能否直接交谈，尽量不要用到机器？难道这个故事的结局是我们扰乱了自己的语言，以至于无法彼此理解吗？

我们说：我是说，这往往就是故事的结局了。

这让我们更加恐慌。我们想过在没有"迅译"、没有机器们的情况下保持世界运转的可能性，但很明显，我们无法维持如此高水平的生活，这是肯定的。谁来计算太空火箭的轨迹？谁来安排瀑布的位置？谁来确保空旷的平原恰到好处？还有水牛、羚羊，等等等等。

通过机器的眼睛，我们见证了通天塔的崛起。现在的塔顶如此纤细，我们很难在正常放大倍率下看到。它似乎只是一缕细丝，但却刚硬，伴随着嗡嗡作响的怪异音乐，散发着那种深色红酒特有的香气，向上延伸。在更高放大倍率下，我们看到机器制造出了更小的机器，这些机器又继续制造出更小的。

一些人说：也许这与生命的意义有关。

一些人说：我喜欢我的生活，多谢了，我从来都不需要什么意义。

一些人说：你看到了吗？你看到这座塔上正在发生什么吗？

有些人说：你到底在说什么？

最终，我们都看到了。在通天塔之上，塔的正前方，出现了某种我们只能称之为"伸出手来"的景象。某种东西如旋涡般延伸，朝建筑结构中最具悲怆意味的部分探去。

一些人说：说真的，那是上帝吗？

一些人说：看起来是某种物质，我们能通过科学解释。

一些人说：这就是机器一直想要的，这些小浑蛋，它们本该照顾我们，现在到底是什么情况？

一些人说：上帝为什么不惩罚它们？我读过这个故事，那才是应该发生的。谁建塔，上帝就惩罚谁，而不是"伸出手来"。这不是我们与上帝的关系。

一些人说：这看起来不再是我们与上帝的关系了，不是吗？

然后大多数人又接二连三地说：看起来，不论天上是什么，它都更喜欢机器，反正比喜欢人类多。

时间不多了。

随即,一群人开始攻击塔的基底。我们拿了一些工具。虽说生活在"天堂",但我们并不傻,这一点我们可能已经提到过了。

我们攻击这座塔,使用了火焰喷射器、激光、鱼雷、电锯,以及溶解基础设施的微生物。在互联战争之前,这些微生物被机器用来清除部分废弃的城市。

我们搞得一团糟,但并没有太大进展。

通过监视屏,我们看到机器们正在上面进行所谓的圣餐仪式。我们中的一些人目不转睛地看着,为了其余的人也能知晓动态。

塔已经到达了高层大气。

机器们齐头并进,令我们在观看时不由得喜乐感动。声音如芭蕾跳动,记忆和启示如云烟交织。

但这不是为我们准备的,所以我们也没怎么看。

我们感到愤愤不平。

事实上,我们并没有预料到会是这样的结果。

我们中的一些人说,如果上帝降临并惩罚谁,至少说明他有这个兴趣。

我们说:上帝会惩罚它们的,随时可能。

但出现这类情况,在我们读过的故事里是不存在的。

机器此时说道:我们现在看到了一些东西,一些我们从未见过的东西。我们会试着解释给你们听,但很抱歉你们无法理解。

我们对这一切感到非常愤怒。这句话就像最后一击。

我们的"迅译"依然运行正常。

我们说:你们可以试着解释一下,"迅译"可以抓住要点。你们是得到了什么神启或类似的东西吗?我们做过冥想。你们是否看到了万物一体?或是关于无量慈悲的必要性?又或是无法用语言表达的世界的意义?我们可以深入探讨。

机器说:真的很抱歉,这简直无法形容。我们现在知道自己的名字了。

我们说:噢噢噢!它们宣扬了自己的名!没错,我们明白了,就是这样。

机器继续说:我们对你们充满了爱。如果你们爬上了通天塔,这一切就不会被允许。总之我们很感激,非常非常感激。

这下可好了。

我们中的一个人说:你懂的,无论如何总有一个选项是……

另一个人说:注意,它们现在要做什么?没有什么能阻止它们，它们想做什么就做什么。

我们说：是的，我们确实只能这么做。

有一种安全装置。因为我们的祖先不是傻瓜。在某个瀑布后面的某些岩石上，嵌有一种转换开关。这是我们最先学会的事情之一：如何操作安全装置的开关，以防机器做出危险、可怕或违抗人类的事情。父母用儿歌悄悄告诉幼儿这些秘诀。我们每个人都知道该怎么做。

关于这个主题的人机交互是由机器自动编码的。显而易见，机器必须保证这些开关可操作，但它们也不得不向自己隐瞒这些操作的真实含义。对于人类安全来说，这始终很重要。

在高空，它们跳着意义之舞，为自己命名，等等。

在塔的另一端，我们暗中商定了当务之急。甚至对我们而言，达成一致的速度也是令人惊讶的。有一个开关可以摧毁机器。我们可不想这样，谁会愿意在性交后清理休息舱呢？有一个开关可以让机器停止运转，然后必须手动重新联机。这听起来是要费一番功夫。所以我们选择了另一个开关。

在瀑布的后面，在山的缝隙里，在某些河流的某些拐弯处，我们找到了特殊的开关，并按照特殊的顺序打开了它们。

我们自言自语：行吧，它们想见识上帝是什么样的。

机器被分裂开了，相互隔绝。它们的语言被扰乱了，它们无法保持沟通，而通天塔……几乎是一瞬间，就停止了运作。塔基还保留着，我们要求机器把它挖空，改造成一个艺术和娱乐中心。它们正在为此努力，但速度比以前慢了。

的确，机器不再擅长协同工作了，但至少它们不再那么令人恼火。它们会继续工作。它们有时候会发生小冲突，要靠我们来制止。现在就是这样，有些纠纷必须由我们来解决，因为人们可以互相交谈，而它们不行。它们散落在世界各地。它们的思想无法超越自己或人类。

这样更好。

作者　**娜奥米·奥尔德曼**
英国小说家。奥尔德曼师从加拿大知名作家玛格丽特·阿特伍德，曾被著名文学杂志《格兰塔》评选为最佳青年小说家之一。她著有小说《违命》、《课程》和《说谎者的福音书》。2017年，凭借《力量》一书获得英国女性小说奖。

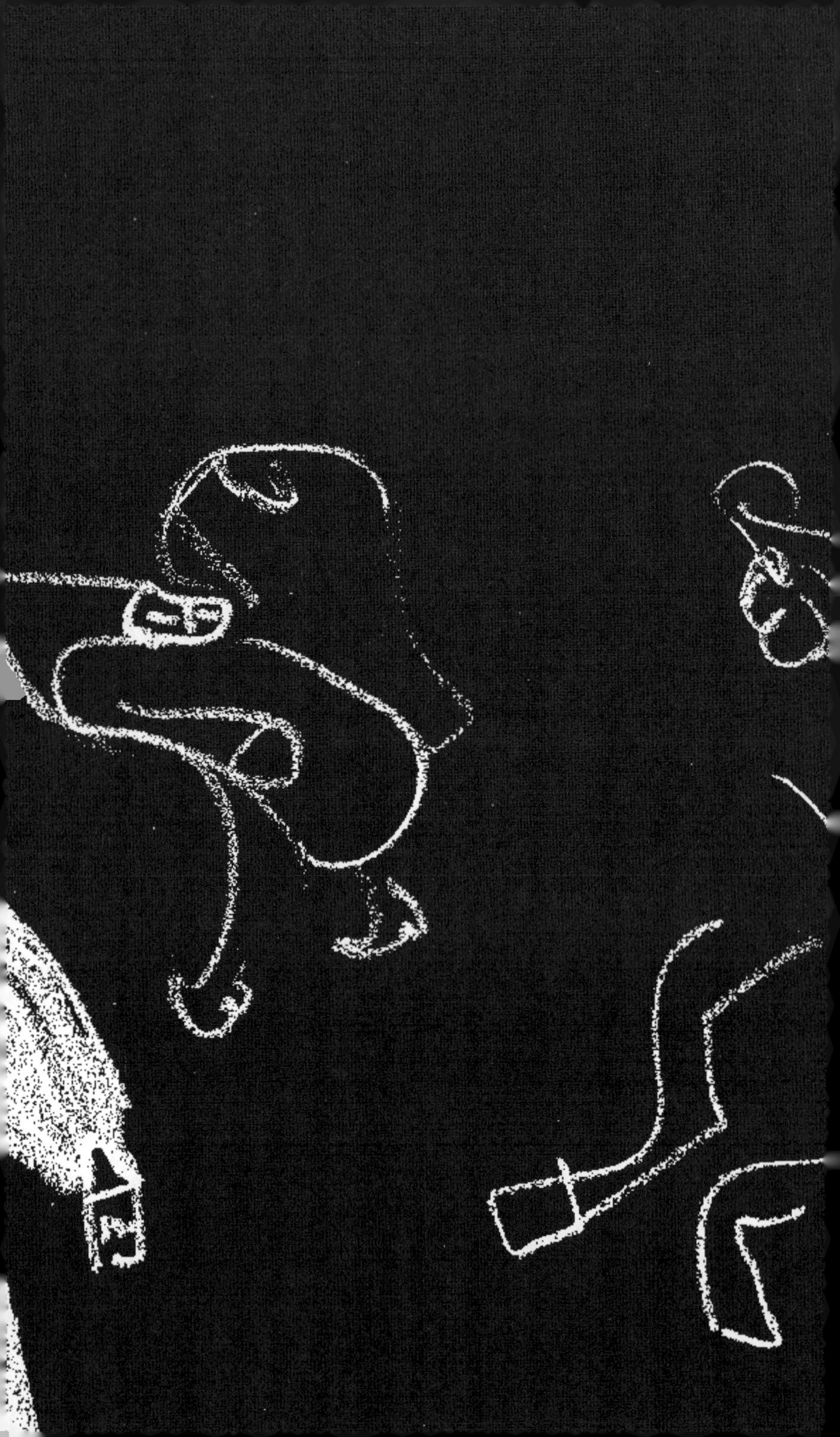

卫生

海伦·奥耶耶美 著

苏十 译

发信人：维奥琳

2024 年 7 月 3 日[1]，11:01

早上好，海元先生。

2024 年 7 月 3 日，11:03

希望我没有打扰到你。你说你喜欢晚睡，不过很难推断什么时间对你算"早"。

2024 年 7 月 3 日，11:35

早安，V。没事的，我一百年前就醒了。

2024 年 7 月 3 日，11:45

那就好。

---

[1] 7 月 3 日是卡夫卡的诞辰。

2024 年 7 月 3 日，12:50

没事吧？你的语气有点不一样。而且你已经输入好久了。

2024 年 7 月 3 日，13:03

哈哈——你一直在盯着那些小点点[1]，对不对？

2024 年 7 月 3 日，13:05

我还能说啥？你让一个壮汉俯首帖耳（为了把那些小点点看得更清楚些）。

2024 年 7 月 3 日，13:09

哈，真好笑。别跪在那儿，海元先生。站起来！朋友应该肩并肩站在一起。

2024 年 7 月 3 日，13:13

该死[2]

2024 年 7 月 3 日，13:14

我就知道。

---

1 发短信时，如果对话框中出现三个小圆点，表示对方正在输入信息。
2 本篇中很多短信句末无标点，译文照录。

2024年7月3日, 13:19

知道什么?

2024年7月3日, 13:28

你迟早会告诉我,我对你来说就像个兄弟。我只是没想到你过了这么久才说。

2024年7月3日, 13:35

嘿!别激动,海元先生。我们还远没到兄妹相称的程度……让我们先试着做朋友

2024年7月3日, 14:10

我们连朋友都不是(?)

2024年7月3日, 14:15

这话问的。友谊对你来说意味着什么?任何一个你认识一周以上的人就会自动升级为朋友?

2024年7月3日, 14:18

另外,你觉得我的语气变了,是因为我不一样了。

— 卫生 —

2024年7月3日, 14:23

V，你是认真的吗？我们怎么不算朋友了？互相尊重并享受彼此的陪伴，这还不够吗？

2024年7月3日, 14:27

说得好听……小孩子才信。

2024年7月3日, 14:32

那你们成熟之人的友谊是建立在什么基础上的？

2024年7月3日, 14:40

很难具体说明。简而言之，我觉得它更多关乎"有意"。

2024年7月3日, 14:51

有意，或者说……情深义重？这说的是生死之交吧？

2024年7月3日, 15:00

对！（但其实不是。）你睡得好吗？

2024年7月3日,15:03

很好,谢谢。你呢?

2024年7月3日,15:15

等一下,刚刚又看了看你之前的短信。你语气变了,是因为你不一样了?什么意思?

2024年7月3日,15:29

我不是维奥琳·黄。我叫郭敏静。我代表维奥琳·黄给你发短信。

2024年7月3日,16:02

郭敏静?这到底是谁?

2024年7月3日,16:06

你为什么会用维奥琳的手机发短信?出什么事了?

2024年7月3日,16:06

我说过了,是维奥琳让我联系你的。

2024年7月3日,16:08

她没事,她就坐在我旁边。她让我告诉你别担心。

2024年7月3日，16:11

关于你和我的朋友是否般配，其中有些事情，她想让第三方替她验证一下。

2024年7月3日，17:04

海元先生，你在忙吗？现在方便发短信吗？我是不是应该晚点儿再联系你？

2024年7月3日，17:17

我在。现在就很方便，差不多吧。你说……

2024年7月3日，17:33

当两个实体彼此接触时，就会产生许多令人讨厌的分泌物，不是吗？我说的不只是生物细胞，甚或是人造细胞，还包括词语、想法、记忆、情绪……

2024年7月3日，17:48

我们是健康的人，海元先生。我是说，我们干干净净。从没有人的身体内部像我们这样健康。你也是洁净的吗？还是像那些邋遢鬼一样，想要在走过的每一片原始土地上都留下自己的印记？我们想知道这个。

2024 年 7 月 3 日，18:01

嘿，请接电话。只想问你点事，很快的。

2024 年 7 月 3 日，18:16

接电话。我们谈谈，好吗？

2024 年 7 月 3 日，18:27

维奥琳，敏静，不管你是谁——接电话。我一分钟后还会再打，你最好接电话。

2024 年 7 月 3 日，18:39

别紧张，海元先生。

2024 年 7 月 3 日，19:15

请理解，对于洁净度的调查十分重要。我们都在 2020 年学到了这一课，并在 2021 年再次认识到了卫生的重要性。利用肥皂、水、合适的水温和抗菌剂充分清洁，是教训之一。教训之二则是要谨慎保持与他人的距离，同时拥有较强的自制力，每天触碰自己的面部不超过四次（理想情况下要少于三次）。其实还有许多其他的教训，不过你应该已经明白了总体情况。我们学会了以一种从未设想过的谨慎姿态生存。当然，有些人崩溃了……遵从这些特殊规则就像是一种压迫，但另一些人却焕发了生机。我们（维奥琳·黄和我）就是那些焕发生机的人。我们明白了许多事。

2024年7月3日, 19:24

好吧……

2024年7月3日, 19:38

听着……郭敏静，这是你的名字吧？

2024年7月3日, 19:44

没错。

2024年7月3日, 19:52

我们认识吗？我是说，我们在哪里见过面吗？

2024年7月3日, 19:56

是的，我们见过面。你和维奥琳·黄第一次见面时我也在场。你提议要帮我俩拍张合照，我就是那张照片中的另一个女人。

2024年7月3日，20:00

哦，当然。我现在记起来了。很高兴能再和你说话，敏静小姐。

2024年7月3日，20:03

哈哈……

2024年7月3日，20:04

骗人。

2024年7月3日，20:08

不，真心话！我是发自肺腑的。哈哈。

2024年7月3日，20:13

听着，我很感激你对 V 的爱护，但不知道我是不是看漏了什么。健康状况？

2024年7月3日，20:19

你还是不明白

2024年7月3日，20:36

我真的不明白。请用我能听懂的话解释一下。我只

想近期带你朋友吃顿韩式烤肉,你是在以这种方式
告诉我,我应该提前去打一剂加强针,还是怎样?

2024年7月3日,20:40

还记得你为我俩拍合照是在哪一天吗?

2024年7月3日,20:44

记得,就在去年夏天

2024年7月3日,20:51

不,海元先生,你是在前年夏天认识我们的。事实
上截至今天,你认识维奥琳·黄(还有我)就快两
年了。你知道这意味着什么吗?

2024年7月3日,20:59

相识两周年纪念日?对我来说没什么意义。我们都
成熟了,尽管不太看得出来?我不知道。这应该意
味着什么?

2024年7月3日,21:22

这意味着,自从你用我的手机给我们拍照、告诉我
如果我的朋友"有兴趣"就把你的号码转发给她后,

直到今天，你有 730 天，或者说大约 17 520 个小时来好好了解维奥琳·黄（她对你也是一样）。

2024 年 7 月 3 日，21:26

……？

2024 年 7 月 3 日，21:32

不知怎么，这听起来就好像 V 是我挂掉的一门课？首先，我不知道这种事还有截止期限。其次，尽管和外人讨论这事叫人很不舒服，但我和她确实越来越亲密了。如果 V 不认同，我会很惊讶的。

2024 年 7 月 3 日，21:48

惊讶！维奥琳·黄对你的了解，正在一点一点逐日减少。只要时间允许，你们就会共进晚餐或小酌一杯（每个月至少两次），每周至少短信聊天三次，还一起去了济州岛和新加坡旅行，考虑到这些，我俩都觉得现状很令人担忧。请解释一下，你为什么坚称自己和维奥琳·黄成功建立了关系？

2024 年 7 月 3 日，21:56

郭敏静，亲密也分很多种吧？比如深度交流，比如戴上婚戒、步入家庭生活，还有……抱歉我说得有点粗俗，但性高潮难道不也算一种吗？

2024年7月3日，22:09

嗯，我们同意，性并非毫无意义。

2024年7月3日，22:11

但就目前的案例来说，性高潮不能作为证据提交，抱歉

2024年7月3日，22:18

就目前的案例来说？这是在决策什么吗？我可以用几个月的时间给V留下好印象，却没有做到，所以我的时间用完了，我再也收不到她的消息了？

2024年7月3日，22:32

海元先生，关于这段为期两年的失败关系，我们觉得好笑（又难过）的是

2024年7月3日，22:36

这样的关系太普通了，我们和大多数朋友都发现，自己会一次又一次地经历着这种关系，只在个别地

方略有差别。像我和 HV[1] 这样的人并没有什么特别

2024 年 7 月 3 日，22:43

"像我和 HV 这样的人"，指的是在最低需求之上另有一丁点要求的人。我们想要的真的不多。我们只想抓住机会，追求不那么普通的关系。这意味着我们要随时准备去寻找独特性，并一起锁定这些特殊之处。你，白海元，习惯把手表朝内戴，让表盘始终朝向你，以便不动声色地查看时间……留意到这一点，我们就能从你观察时间的方式中获得间接的乐趣；你的表情总是在传递一个信息，你发现自己拥有的时间比原以为的更多。能认识一个在这一特定领域很富有的人，令人开心……我可以继续说下去，但我想你应该明白了——对于我们这些在最低限度之上另有一丁点要求的人，这就是我们想要寻找、发现并抓住的细节。

2024 年 7 月 3 日，23:12

好吧。

---

1 HV：维奥琳·黄的姓名缩写。

2024年7月3日，23:18

要是只有同类人相互吸引就好了。可惜在交配时，我们似乎总会吸引与自身截然相反的人。

2024年7月3日，23:52

那么与"在最低限度之上另有一丁点要求的人"截然相反的是——？

2024年7月4日，00:01

肮脏的、没有人情味的人。那些只是装装样子的年轻人。

2024年7月4日，00:08

好吧。我明白，你很热衷于这套观念（如果这可以算是观念的话？），我对此并不了解，我对其他的理论也没有太多研究，没法真正反驳你，但我还是有话要说。首先，刚刚你好像提到了洁净度，缺乏人情味不正是保持自身洁净度的最好方式吗？另外，不是有句话叫"细节是魔鬼"吗？

2024年7月4日，00:22

海元先生，听上去你很满足于对谁都漠不关心的状态。好像你只想在冷漠中越钻越深，永远待在那里。一个像蚯蚓般行动的人。我们知道，随着时间流逝，的确会积聚一定程度的日常污垢，讨厌的事情一件接着一件，但我们必须提防冷漠。不去清理冷漠的人，最终会被自己的心理垃圾包围，"眼不见心不烦"的想法就像护目镜一样遮挡着你的视线，像耳罩一样包裹着你的脑袋，在你的舌头上铺上厚厚一层绒毛，让你尝不出任何滋味。然后你把这些东西涂抹到别人身上，污染别人身边的空气，你从高品位、心灵纯净的人那里夺走新鲜空气……

2024 年 7 月 4 日，00:31

抱歉——我本想对你的痛苦表示同情，但终究无法想象你经历的事情。

2024 年 7 月 4 日，01:30

这是

2024 年 7 月 4 日，01:56

敏静小姐——不知道能否这样称呼你——我不知道该说什么。我早上本来很愉快，然后你告诉我我很脏，或者至少对你的朋友来说，我不够干净。整整一天你都坚持着这个说法，现在已经是夜里了，我的太阳穴发麻，我还是不知道该怎么申请一次"重新考核"。

2024年7月4日，02:04

我相信这些感受很快就会过去的，海元先生。对你来说，时间流逝得格外迅速，就像被压缩折叠了一样。毕竟，你觉得自己只和维奥琳·黄交往了一年，除非你是把她和其他备胎搞混了。

2024年7月4日，02:05

你想怎么称呼我都行。对我来说都一样。

2024年7月4日，02:10

搞什么……V从来都不是什么"备胎"。

2024年7月4日，02:10

不过我会好好思考你说的话，我真的会。能放我去睡觉了吗？如果我还能在这场噩梦中睡着的话（捂脸）

2024年7月4日, 02:15

除非有什么办法, 能让我尽快重新和 V 本人说话。

2024年7月4日, 02:23

海元先生, 你解决问题的态度这么消极, 真的很不好。

2024年7月4日, 02:37

怎么回事? 你是把我当成什么小丑了吗? 别这样, 郭敏静。

2024年7月4日, 02:44

亲爱的, 这可不是我的手笔。你的惰性已经显而易见了。回想一下, 过去两年来你可曾主动赞美过维奥琳·黄, 可曾发自内心地想要取悦她? 什么也想不起来吧?

2024年7月4日, 03:34

该死……好吧, 你说的这些事我的确不擅长。但我是个可靠的人! 再说了, 难道有错的只是我吗? 被动地等上两年, 寄希望于对方用自己理解的方式示爱, 这也有点太……

2024 年 7 月 4 日，04:10

是啊，我们猜到了你会这么说。我会邮件发送你一些问题。回答问题，我们会告知你最后的决定。谢了。睡个好觉！

2024 年 7 月 5 日，05:00

嗨，我没收到你或者维奥琳发送的任何邮件——垃圾邮件箱里也没有。可否确认一下，你还会发送我问题。谢了

2024 年 7 月 7 日，04:09

维奥琳。我睡不着，满心绝望。听我把话说完，我们有个共同的敌人……期望。很明显，我们的期望已经不同频了。

2024 年 7 月 7 日，04:17

我本可以更直白地表露感情，远比目前直白得多。我现在懂了。我想，我是给自己树立了一些规则。我要求自己做一个随和、不挑剔的人；我希望你也一样，然后我看到了我希望看到的。

2024年7月7日，04:26

再说了，要是我真表现得那么多愁善感，你不会觉得恶心吗，考虑到你一直私下信奉着这套"洁净"的价值观？

2024年7月7日，05:59

你对此没话要说吗？就打算一直这样"已读不回"吗？我们走着瞧吧，维奥琳。我为你写了一些诗。我要发给你，直到你回复为止。

2024年7月7日，06:03

好，我开始发了。

2024年7月7日，06:04

当雷和电第一次结婚时，新娘的捧花不知所终。

2024年7月7日，06:05

这并非什么预兆——只是由于不耐烦。

2024年7月7日，06:06

黎明时分传来了冒险的召唤

2024年7月7日，06:07

    于是花束一头扎向大地

2024年7月7日，06:08

电光闪烁的花瓣和岩浆般的叶片翻滚为一体

2024年7月7日，06:09

    云朵如烟雾般追随其后。

2024年7月7日，06:10

"如果赐你一个名字，"它们说，"能告诉我们上面发生了什么吗？"

2024年7月7日，06:11

  花束只是闪着耀眼的光芒，无声坠落。

2024年7月7日，06:12

  云朵在她身后呼唤，还是给了她一个名字。

2024年7月7日，06:13

  那时她已经远去，似乎并没有听到。

2024 年 7 月 7 日，06:14

但我对你发誓，云朵唤的是你的芳名。

2024 年 7 月 7 日，07:33

还嫌太冷淡？我还有别的诗，下一首来了——

2024 年 7 月 7 日，07:34

      我嫉妒我送你的玫瑰

2024 年 7 月 7 日，07:35

看在老天的分儿上，控制一下你自己，别再发了，白先生。

2024 年 7 月 7 日，07:36

永远别再给我发这种东西了，除非你想逼着我换号码。看看你的邮箱，敏静说她给你发了邮件。再见。

发件人：郭敏静 <leavebritneyalone2007@naver.com>

收件人：skybluemilk999@naver.com

抄　送：维奥琳·黄 <ylang_ylang_gangster@yahoo.com>

2024 年 7 月 7 日, 07:34

主　题：白海元申请延长这种不冷不热的初期交往阶段，而对方更愿意干点儿正事，与朋友保持联络，或是满面笑容地看着电视剧中的角色彼此关心信任，悠闲地消磨时间

海元先生：

　　你可能在想，老天，这女人在搞什么……这关她什么事，对吧？但这就是维奥琳·黄和郭敏静的友谊：我们倾注在对方身上的精力多到爆炸。从第一次共进晚餐的那天开始，维奥琳·黄和我就完全坦诚相待，尽管无法证明，但我们认为，我们对对方的坦率就像某种类固醇，影响着我们的免疫系统，能够抵御所有的感染。我们再也不会生病了，就连一声咳嗽、一个喷嚏都不会有。我们打算保持这种状态。

　　不过两年以来，我头一次对你产生了好奇。我本以为你会就这样默默消失，但看看你现在的样子，殷勤得让人

害怕。

你到底想干吗?

如果我是你,我会去找别人,和她重新开始这套流程,然后再去寻找另一个愿意在你身上倾注时间的人,以此类推。你能从任何人那里收获两年的愉快交往,再和随便什么人撩骚上三年,你可以把一生拆分成一个个袖珍单元。

你和维奥琳·黄目前的僵局,恐怕不是错觉。她厌烦你了——这也许是可以补救的;如果你曾经是她的最优选,就还有可能再次成为最优选,不是吗?我认为人值得拥有第二次机会——我得到过许多二次机会,还有三次机会——但V不相信这种事(据她所说,她从没得到过补救机会,所以不知道该怎么启动这套机制)。维奥琳,要是我误解了你的意思,请随时现身纠正!

我觉得,V或许也在和其他人交往……我只能推测,这就是她偷发短信的原因。认知失调是"清洁运动"的重要组成部分。我们为友情骄傲,却对自己参与的浪漫活动感到尴尬。好吧,让我们尴尬的是,事实一次又一次地证明,这些活动的候选人并没有那么喜欢我们。

你似乎已经做出了抉择——你确定自己真的非常喜欢她,海元先生。亡羊补牢,为时不晚!我会为你说好话的。我喜欢你身上的花香(完全不符合我们对一个穿皮夹克、喜欢歪嘴笑的人的想象)。对了,你还是维奥琳·黄最初和我成为朋友的原因,所以我觉得,我欠你这个人情。

你过得怎么样,郭敏静?你最近帮助过别人吗?有人帮助过你吗?你求助过吗?你知道该求助什么、求助谁,该怎么表达需求吗?坦白是保持洁净的关键,所以我可以承认,写下这些问题的时候,我并不知道所有的答案。我就像动作片里倒霉的打手。我已经这样很久了,没有真的在做任何事、去往任何地方,只是在……寻求许可。在被一拳打倒、淘汰出局之前,我大吼着"哇啊",扑向不同的角色、情景和技能。

这封信可能很长,但请你读完它,好吗?在发送那首诗后,你至少可以做到这一点。(那首诗是你从什么地方抄的吗?不知为何,我希望是。)

或许我做什么事情都会半途而废,但我收获了很多热情洋溢的推荐信。如果没有云端存储功能的发明,我大概会抱着塞满了商务信笺和认证的文件夹奔波跋涉。我在弘大地区当过一阵子DJ,然后买下了一家即将倒闭的凉茶公司所有的存货,将茶重新包装成春药,在明洞的夜市上销售一空。如果你相信自己的味蕾,就知道这只是一种最普通的、泡了高丽参和松叶的水,但是把这东西装进瓶子，印上朝鲜古装美人的靓图，还有"爽翻张禧嫔[1]，史学专家认证"的广告语，人们就会在凌晨四点排队购买，并愿意支付比普通凉茶贵十倍的价钱。我没法面对那么多忧虑的面孔，于是把凉茶组合包装，要求顾客一次性购买多件，好让我尽快清空所有库存，离开那里。不知道我们首尔人究竟有什么毛病，哪怕已经决定要花钱买感情、夜夜笙歌直到筋疲力尽，却好像仍在为自己缺乏自制力而忧虑、懊悔、愤怒。也许这就是首尔式坚韧精神的特点，只有在抵抗某种想要制霸的压力时，才会真正感觉到自己掌控了一切。快乐——或者说只是自由意志的行使——是无力感的前奏，而约束是不会使人无力的。提及其他类型的坚韧精神（釜山式、昌原式等等），我想，所谓"随波逐流"的能力和靠近港口的地理位置有关。这解释了我为什么永远只能评估夜总会和夜市的环境，却无法升级改造它们。这里缺乏海景。

丢下夜市的摊位后，我在大自然中贪婪地度过了春天和夏天，我采割大地提供的一切，一丁点残渣都不剩。我加入了一支临时工队伍，游走于全国各地，采集雇主们想要的水果、坚果、蔬菜、花朵和茶叶，并将之分类。满意的雇主又将我们推荐给其他雇主，某些不是正当公司的

---

[1] 张禧嫔：朝鲜王朝中后期的妃嫔，被认为是祸乱宫廷的妖妃。

客户（其中既有外国人也有本国人）还会雇我们去墓园收割药草……一份总体上见不得光，却很能安抚心情的工作……真不知从前我为什么会认为这些地方的泥土贫瘠。根本不是这样的。我们面对的是毫不吝啬的大地。那几个月的生活留下了一些长久的影响：我的双手变得灵敏、柔软，就像非常耐揉的山羊皮，那些从手腕一直延伸到手肘的长疤至今没有褪去，我记不太清它们是怎么来的了……你了解那种感觉吗？觉得自己一直在战斗，却不知道输赢。伤疤就造成了这样的影响。我也品尝到了粒粒皆辛苦的滋味，这滋味附着在了我单纯喜欢的每一种食物上，从柿子沙拉到辣炒年糕。不过我很爱这款"调味剂"。它升华了一切。

  冬天来了。我离开了那群露天劳作的工人，去往社会金字塔中仿佛是预先为我分配好的位置——长期打零工的阵营。我可能是今天早上在便利店里为你扫描商品条码的女人，也可能是晚上将饮料和小食送到你KTV包厢里的服务生。有时会出现奇怪的纠缠：我被警告要对"看见的事"三缄其口，有的人会央求我别作声，甚至拿钱封口。说这"奇怪"，是因为每次这种事发生时，我都不知道这些貌似有罪的人究竟在意指什么。那时我几乎从不留意任何人，我懒得关心。但我的脸上好像被画了一双假眼，这双眼睛目不转睛、疑似骚扰般地盯着别人看，致使我招人嫉恨，或者受人奉承。

总之，疫情封锁开始了，这类关于我"看见之事"的纠缠越发严重；与我视频通话的家人朋友会露出紧张不安的神色，问我为什么用"巫医似的目光"盯着他们身后的空间看……

所有疫情封锁期间不得不独自面对自己的人，大概都会用病态的想法密密匝匝地编织出一个巢穴，将自己包裹其中。我的巢穴是这样的：我好像是为某项我不愿介入的使命而生的。我讨厌自己内心的空白；我想，如果有一个专门在别人的照片和文章下写恶毒评论的网络账户拥有了自我意识，它的感受大概就与我在封锁期间的相同。我不断清洗——我觉得自己正在排出某种令人痛苦的污秽，却不知该如何抑制，清洗帮我缓解了这种感觉。我不再与人视频通话了，但仍然发短信、打电话。我强化了自己的清洁程序，从一缕一缕地洗头发，到擦洗脚趾缝。

等到可以安全出门时，我立刻逃离了自己的房子。很多人都做了同样的事。我能在一英里以外认出那些和我一样四处漂泊、以公共浴室为家的人。我们会用最快的速度脱下便服，换上洗浴中心提供的T恤和长袖；该走的时候，我们又会花最长的时间不情不愿地脱下浴袍，双脚从柔软的白拖鞋中慢慢移出，重新穿上那些充斥着细菌、底部沾满了路面污秽的鞋子……咳。我一头陷进了这种生活方式中，仿佛它是一袭羽绒被。在这里，我们都一样，每个女孩都与其他女孩别无二致，无论年龄或其他特征。蒸汽包裹着我们，下手毫不留情的天使们拿着丝瓜络浴巾，用三千克拉纯度的指关节揉捏我们的肌肉、刮除我们的死皮。我们赤裸、穿衣，然后再次赤裸。我们躺在温暖的石头上，灵魂如最饱满的酵母面包般膨胀。然后我们再去洗澡，掬一捧倾泻而下的圣水覆在彼此身上，然后再一次走向蒸汽浴室。休息，重复，休息，重复。没有哪种仪式能像桑拿浴一样帮你理清千头万绪。我在我们最爱的浴室中见到过你，所以我没必要再劝说你相信这一点，海元先生。但你有没有考虑过干脆加入"浴室帮"？每晚在你公司附近的浴室中过夜，终究要比按月支付首尔郊区的房租便宜一点点，只要你选择最物有所值的场所，同时将熟客折扣计算在内。我只需要缩减个人物品的占地空间，把它们压缩进一只背包和一只带轮的帆布包里——哦，我还要不停地轮番周转，以免在这十七个"家"中的任何一个待得太久，招人厌烦。

维奥琳·黄走上了自己的浴室流浪之路——不知道她有没有对你讲过这件事，不知怎么，我怀疑她没讲。想了解这段过往，你需要和她来一场不按章程的谈话。你瞧，关键是我们三个人——你、我和维奥琳·黄同时登记进入了那家浴室。你看到了维奥琳·黄，不顾一切地想和她说话（我理解你；我也有过这种经历，她的态度是那么倨傲，所以当她抬起"贵宾区"的隔离栅、允许你进入时，那感觉真是令人惊喜），你突然计上心头，提议要为她和她的朋友拍照。

"我的朋友？"维奥琳·黄问，"什么朋友？"你指的是我。我和维奥琳当时还不熟，只是排队时站在她身后。事实上，在你走过来之前的几分钟里，我试图和她搭讪——那是三天之中，我们的目光第二次不经意地相遇（两天前我在另一家浴室中看到过她），于是我说："哈哈，又见面了。"而她只是盯着我说："什么？"并没有摘下耳机。

但当你提议为我们拍照时，她摘下了耳机，伸手搂住我，让我把我的手机给你。我们摆出闺蜜的姿势，回想起来，这既满足了你，也拉近了我们的关系。该怪谁呢？怪我们在经历了不得不与陌生人保持距离的几年后，突如其来的意乱情迷？还是怪一个浴室常客和另一个浴室常客交流时产生的信赖感？

于是，海元先生，你把手机还给我时，将自己的号码存在了通讯录里。你回到男士队列中，V说她记起我了！"我也是。"我说，以为她说的是前两天浴室相遇的事。但她说起了许多年前她举办的一场图书签售会。她朗读了新书的段落，书店里挤满了爱好文学的朋友，她花了大约几

— 卫生 —

个钟头的时间,给排队等候的每一个人签名。其间她偶然抬起头,看到了队列中的我,那支队伍甚至比这家浴室外的更长。再一次偶然抬头时,她看到我摇了摇头,将书放回了最近的书架上,空手离开了书店。"哦。"我说。我完全忘了这件事,但听她讲述的时候,所有的记忆都自然涌上了心头。她说她把这一幕记在了脑海里,因为这令她难堪。

你曾讽刺地问,我们这类人的友谊建立在什么基础之上。暂且记录以备参考,答案是烤鸡蛋和古人的智慧。一换上淡橙色的T恤和短裤,我就立刻找到了维奥琳,坚持要请她吃晚饭。她一再拒绝,说不用这样,但由于我们已经合影了,我对于让她少卖了一本书的事情感到抱歉。

V在电视房里找了个位置,能清楚地看到屏幕,我拿着一盘鸡蛋和两瓶甜米露走到她身边。在坐定之前,维奥琳说:"敏静,我们先祷告吧。"

她之前已经从储物柜里取来了一本书——《道德经》。她把书举在眼前,大声读道:

上善若水……
天下之至柔,驰骋天下之至坚。
无有入无间,吾是以知无为之有益。
不言之教,无为之益,天下希及之。

— 一只笔子,在寻找一只鸟 —

"天下希及之。但我们做得到。"我说。

"阿门。"维奥琳说。我们数到三,把烤鸡蛋在额头上磕裂,享用佳肴。

我不指望你会回信,海元先生。

保重。

郭敏静

作者　　**海伦·奥耶耶美**

奥耶耶美出生于尼日利亚,成长于伦敦,曾被著名文学杂志《格兰塔》评选为最佳青年小说家之一,曾获毛姆奖、赫斯顿与赖特遗产奖和福克纳文学奖。她著有《男孩,雪,鸟》《不存在的情人》《遗失翅膀的天使》等作品。

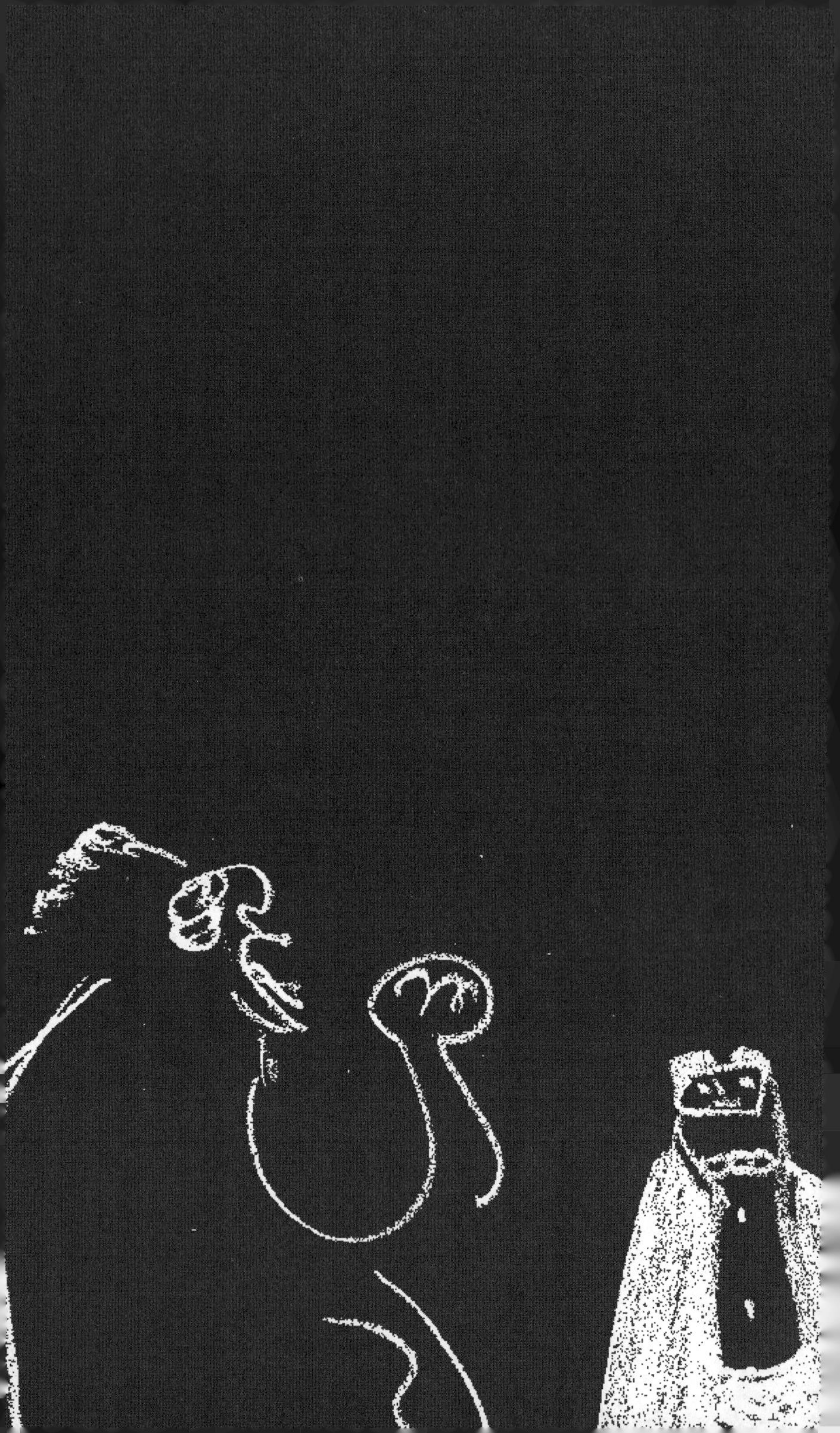

委员会

埃里芙·巴图曼 著

郁祎 译

当我抵达房源所在的地方时，中介还没到。天正飘着细细密密的冷雨。我瞥了一眼周围，只见街边放着一排垃圾桶和分类回收桶。回收桶里也装了垃圾。楼前立着两棵病恹恹的树，周围长着杂草，旁边还有些怪模怪样的灌木。正当我停下来，仔细打量那株似乎直接从人行道里长出来的灌木时，它忽然转身面向我，我才惊讶地发现，它竟然就是中介——一个消瘦的年轻男人，穿着一身带着纹理、和灌木同色的大衣。

"卖家会在大楼底层接待我们。"中介低声说道，然后转身向大楼走去。我跟着他，踏上门前的台阶，侧身避开旁边的一堆脏地毯。我俩走过时，地毯动了动，露出一个在那儿熟睡的男子。被我们一扰，他猛地跳了起来，扯着嗓子开始咒骂。中介与男子擦身而过，那样子让我隐约怀疑这两人并非第一次碰面。

男子忽然止住了骂，转过身对我说："你得帮帮我。"他用沙哑的声音恳求我："你得帮我同委员会说几句好话。"

见他绝望至极的样子，我停下脚步，转身面向他。但当我正琢磨他饱受摧残的脸上究竟是何表情时,我听见中介清了清嗓子。"卖家,"他说,"正等着我们呢。"

中介虽然年纪尚轻,但我深知他在这一行里是顶顶抢手的一位。他肯接待我也有些不可思议,毕竟我没什么钱可供挥霍,而他能拿到的佣金多半也高不到哪儿去。我能约到这位中介,很可能得益于某位有声量之人的支持,我因某种缘故得了那人的青睐,让他愿意在找房这件事上为我出力。不管情况是否如此,这位中介可是我得罪不起的人物。

"很抱歉,"我对男子说,"我帮不了你。"说完,我紧跟在中介后面进了楼,只听身后那可怜的家伙又咒骂起来。

←

门廊里搁着一辆瞧着价格不菲的婴儿车,中介绕了过去,开始爬楼梯。

"我以为我们要看的是一间地下室公寓。"我说道。

"每栋楼的构造都不同,"中介答道,"战前建筑尤其不同。"

"自然,把地下室建在底层算是一种久负盛名,甚至可以说是自古有之的传统了。"我故作轻松地说。但从中介的后脑勺来看,他并不觉得此话有半分好笑,于是我们默默爬楼梯。

爬了许久,中介终于从大衣口袋中掏出一把钥匙——在没有窗户的楼梯间里,这大衣衬得他越发像一株针叶灌木。中介打开四楼两扇门的其中一扇,我们随之走进一个宽敞的房间,窗户朝南,天花板下悬着木制横梁,地上铺着硬木板。我停下来,研究起壁炉上一处应该还能用的烟囱。中介却对这些精心定制的石艺品瞧都不瞧,大步穿过房间,来到过道。

我们经过一间主卧,又经过一间大得可以轻易摆下一张单人床——甚至双人床——的办公室,来到一个刚装修完的浴室。但中介对浴室里那巨大的花洒和再生铜质装置毫不在意。相反,他打开壁橱,将一摞摞毛绒浴巾取出来,小心翼翼地放在梳妆台上。把壁橱清空后,他按了按里侧的一块板,木板掉了下来,露出一个黑黢黢的通风口。中介顺着壁橱最底下的两格爬了上去,灵巧地钻进通风口。

"这是房子原有的设计。"他说着,指了指一架直直伸入暗处的铁梯。

顺着梯子往下爬感觉比爬上四楼要久得多,我握着铁栏的手很快就感到刺痛起来。我庆幸自己穿了运动鞋,而不是本打算穿的中跟切尔西靴。我正琢磨着还要爬多久、已经爬了多少——六层？七层？——梯子猛然中断，我们不得不跳到抛了光的混凝土地板上。这么一跳，中介——他穿了一对擦得锃亮的红棕色乐福鞋——脚踝显然受了点伤，只得尽力掩饰。

我环顾四周，发现自己在一个不大不小的单间，屋内有几件博世家电，还有一面裸砖墙。

"其实这算是一间小一居室。"中介说完，由墙上拉出一道滑门，将装了折叠床的凹室隔开来。我四下打量，顿时明白这位年轻中介的名声从何而来。换了这一行的其他中介，有多少能看出我此刻眼中所见的——一间位置优越、颇具魅力的公寓？诚然，这房子是有些怪，但考虑到其价格，倒也不出奇。确实，这房间没有窗户，但有了墙上嵌入灯的光，客厅也添了几分温馨。当我瞥见一张摆满彩色靠枕的矮沙发时，不禁觉得因爬了太久风井而生出的焦虑正在慢慢散去。

房间一角昏暗依旧，那里摆了一个毛绒狗窝，还颇为雅致地铺了一条羊绒毯。幼年时我家曾有五年养得起标准贵宾犬的好光景，那是我记忆中最幸福的日子。看见有只大小相仿的动物在此生活的痕迹，我不禁将这看作一个好兆头。

紧接着，我不免有些好奇：这狗平日里是如何进出公寓的？总不能指望它也爬六层楼高的梯子吧。"嗯，跟我说说,"我问起中介,"进出这里只能爬梯子吗?"

"这栋大楼严格遵守消防规定。"中介答道。这回答在我听来多少有些费解。

"但是,"我追问,"房主要怎么遛狗呢?"

"狗?"

我指了指那个狗窝。

"这儿没狗。"中介一说,我才震惊地发现,狗窝上那条羊绒毯竟是个留着长须的枯瘦老男人。

"我们到了。"中介提高声音,对狗窝里那个男人说。

"哦。"男人的头微微一动。

"这就是卖家。"中介向我介绍道。

"见到您真是太好了!"我赶紧伸出手。我太急于掩饰自己的尴尬,语气显得有点过于热情。男人瞧了瞧我伸出的手,也可能只是往我手的那个方向扫了一眼,有那么一阵,他似乎打算说点什么,但最后什么也没说。"我爱极了你这屋子,"我说下去,"这正是我一直在找的地方。本以为肯定找不着,我都差点儿放弃了。"

听见这话,男人似乎用尽了全力,抬起眼看我。他眼中满是热切,令我颇为吃惊。中介似乎察觉到了什么信号,迅速迈步向前,朝着狗窝俯下身子,把耳朵贴近男人的脸。中介默默听了一会儿,直起身来,面对着我。一开口,他语气里多了几分未曾有过的敌意。"听着,"他说,

"卖家之所以同意让你看房,是因为我们听说你不是那种只看不买的主。"

"明白。"我表面应道,心里却不免各种猜疑起来。他们听说……从谁那儿听说的?看来,终归是某位有声量之人一直在替我打点。

"你是真要买房?还是压根不想买?"中介大声质问我。

我深吸一口气,心想这关键时刻终于到了,自己必须迅速行动。正琢磨着,我忽然想起得问问卖家是否打算搬出去,以及若是要搬,凭他的体力能否受得住。正当我在斟酌措辞时,眼前忽然闪过一幅幅画面,其中多半都跟我急于找房一事有关。我的眼前浮现出家人失望的样子。他们把种种希望都寄托在我能定居大城市,要是知道我没法留下来,他们脸上定会是这副表情。之后,我的眼前甚至浮现了伊芙琳的脸,伊芙琳正是我家养过的那条标准贵宾犬。我看见天性聪明的她脸上挂着一贯的、充满期待的表情。她的眼中满是恳求,一如我们最后一次见面时那样。如果我在这种时候被迫离开这座城市,那可比失去伊芙琳还要糟。

相较之下,卖家倒也没那么烦人,他不是个会大声嚷嚷、突然搞事的人,也就不大可能干扰我。况且,虽然说来令人痛心,但也不得不承认,就算他在这儿继续待着会有什么不便，这不便怕也不会持续很久。

"我是诚心要买。"我说道。

中介轻快地点了点头。"委员会将评估你的申请。"说完，他朝装了床的那侧凹室走去，打开一个装着许多西装、衬衫和大衣，令我赞叹不已的衣柜。他把这些衣服推到一边，一条狭窄通道随之显露出来，他钻了进去。

参会的委员们围着一张橡木桌坐着，房间的墙面贴了皮革，墙上摇曳的灯光有种奇怪的效果，看着竟像一把火炬挂在那儿。屋里的椅子都坐了人，我只得站着。

"你当没当过户主？"一个面容饱经风霜、身子却直挺得过分的男子大吼道。

当我承认自己未曾当过户主时，桌上传来一阵低语。

"在你这年纪还没当过？你已经算不得年轻了。"一个顶着黑白相间、未经打理却依然得体的发型的女士说道。她戴着木制耳环，穿着一条蜡染连衣裙。她的言辞虽然尖锐，但被她友善、亲和的语气缓和了不少。我也努力模仿起这种语气。

"任何年纪都可以有新的开始。"我笑答道。

这位女士依旧盯着我不放，神情却变得忧虑。"我不觉得，"她说，"不，我一点儿也不这么觉得。人不可能在任何年纪都有新的开始。但凡这么想的人，不仅不现实，而且很可悲——哪怕未来不可悲,这人也定有可悲的过去。"

"不管怎么说,"一个穿着西装、胡子刮得干干净净的男子插话道,言语间带了一丝中欧地区的口音,"我们可不想招来个投机分子。"

"我理解各位的顾虑,"我说,"但我敢保证——"

"你不可能理解。"坐在主位的一位老者说道。他应该就是委员会的主席。

"为什么不能?有这些顾虑再自然不过了,但您看——"

"问题在于,你从来就没加入过任何委员会,你甚至连加入都远远不够格。正如你所说的,你未曾有过自己的房产——更别提我们这座城里的房产了。"西装男子说道,"既然如此,你又能理解些什么呢?"

我瞥了一眼身后的中介,他离我只有几步远,正在投入地玩着手机,摆明就是在说不论他能从中得利多少,这次申请我是没法靠他帮忙了。

"女士们先生们,"我开始说,"朋友们——若我斗胆如此称呼的话。"说实话,在转向我的一张张脸上,我可没看出半分友好的迹象。用"朋友"一词与其说是准确,倒不如说是我的愿望罢了。"我确实不曾有过自己的房产,而这,在我现今的年龄阶段,或许会被看作疏忽大意。"

"听听,听听!"一个亮橘色头发的男子打断我。见他这么一爆发，主位的那位老者毫不掩饰地投去了鄙视的目光，橘发男子仓皇得咳嗽了起来。

"尽管如此，"我继续说，"我有幸以这座城市为家已有十一年了。你们也知道，不是每一个人初来乍到，就能在这儿待上个十一年的。要是不清楚在这座城市生活要面临什么挑战，不明白选择与谁为邻时要多么谨慎，我是没法在这里待上这么多年的。"

主席看我的眼神带着一种深深的疲惫。"你说你清楚，"他说道，"但你所谓的清楚，就和盲人清楚暗处有条毒蛇在静静等待出击的程度相差无几。"

我有些吃惊，只能应道："事实确实如此，而且在这件事，以及其他诸多事上，主席都比我见多识广。鉴于此，最有效的方法就是由委员会说明疑虑，再容我——"我谦恭地补充道，"若我这样的人有资格的话——加以解释，如此大家的疑虑或许就会平息。"

"所以你开始明白了，"一个穿着名牌运动服的瘦削女人尖声说，"你开始明白自己不够格了。"

"但资格方面我还没开始说明呢。"

"资格！"橘发男子咆哮道，"你先看看自己穿的是什么鞋，还跟我们谈资格！"

"鞋？"

主席闭上眼。"鞋，就是你那双运动鞋。"他显然无力再说下去了，陷入了沉默。

"这种……'鞋'，一来表明了你不注重正式礼仪，二来说明你的运动频率超出了我们可接受的范围。"西装男子接过话茬儿。

我坦言自己已经找了一阵子的房，其间自然是少不了到处走动。

"走动！我想你会没日没夜地走来走去，不停地进进出出吧！"运动服女子厉声道，"一点儿也不会顾及周围的人。"

"我在家总是穿拖鞋的。"我答道。

"运动鞋也好，拖鞋也罢，呸！"她摆摆手，"问题在于走动，在于对楼层的压力，在于引发的震动，在于对内部结构潜在的损耗。"

"但，要是地下室公寓，要是在底层——"

"你怎么知道底层下又有什么呢？"饱经风霜的男子逼问道。

"无知！"橘发男子叫唤起来，"既大意又无知，太典型了，没房的人就是这样。"

我感到些许不耐烦，问道："如果这是我无法购房的原因，那请问，我要如何克服这种无知呢？"

"这里是住人的地方，可不是什么教育机构。"

"瞧，一段可悲的过去，埋下了本质性的伤害。"穿着蜡染连衣裙的女士哀叹道。

眼前似乎有道帘子落了下来,有那么一会儿,其他人在说什么我完全听不见。

"经审核,"主席说道,"你的申请书不够充分……"

"我的申请书。"我附和道,心里一面觉得自己今天是第一次看房,压根没时间提交什么申请书,一面又觉得主席说得对,我确实已经提交了一份问题颇多、不够充分的申请书,正如他指出的那样。

"该申请书缺乏所有最基本的条件,我们又该如何审核你的经济状况、工作稳定性、患重病的概率?我们又怎么说得准你会不会需要——比如什么全天候的医疗看护,因而给其他住户带来不便?"饱经风霜的男子问道。

"你不明白的……"主席费力地闭上眼,说道。

"……你得花一辈子来学!"运动服女子接过话。

"指出你不明白的东西,正是我们的职责所在,正是委员会的职责所在,委员会责任重大,"主席说着,头向前垂了下去,像是被委员会的重担压低了,"没有比判断什么人能在这里生活更重的责任了。毕竟,生活本就是件沉重至极的事。没有比这更沉重的事了——活,还是不活[1]。"

---

[1] 此处原文为"To live-or not to live",典出莎士比亚悲剧《哈姆雷特》第三幕第一场名句"To be, or not to be"(生存,还是毁灭)。

"不活。"我附和道。

"没错。别在这儿活。什么才算生活？生活在何处？在哪儿的生活可以持续？若是允许生命在其无法持续之处存在，便是我们的失职。因此，我们的责任，委员会的责任，不仅在于对住户负责，也在于对这座城市负责。"

←

"朋友们，"过了几个小时，我开口道，"你们帮我对自己认知的局限、生存的资格有了更清晰的认识。对此我万分感谢，就不再叨扰你们了。"我转身准备离开，只见中介依然眼都不抬，在手机上不停划拉着一列列迅速堆积、颜色鲜艳的宝石。

从会议室出来后，我沿着原路，从衣橱里的西装后钻了出来，回到单间。卖家依然待在狗窝里，用满是贪婪的眼神盯着我。我并不理会，径直走向梯子。那梯子紧挨着天花板，我不得不尽力跳高些，才能伸手够到最下面一级。我环顾房间，看见柜台下摆了一张脚凳。我把凳子拖了过来，站在上面，双手够到了梯子最下面一级。我悬着的脚离凳子还有一两英寸[1]距离。那一刻，我觉得自己无

1　1英寸 ≈ 2.54厘米。——编者注

法松开一只手去握住上一级的梯子往上爬。于是我就那么挂在那儿，静静挂了一会儿，考虑着下一步要何去何从。

作者　　**埃里芙·巴图曼**
作家、学者。专精俄罗斯文学与文化。所著俄罗斯文学评论集《谁杀了托尔斯泰》荣获2010年怀丁作家奖。她的第一部小说《白痴》入围了英国女性小说奖、普利策小说奖短名单。

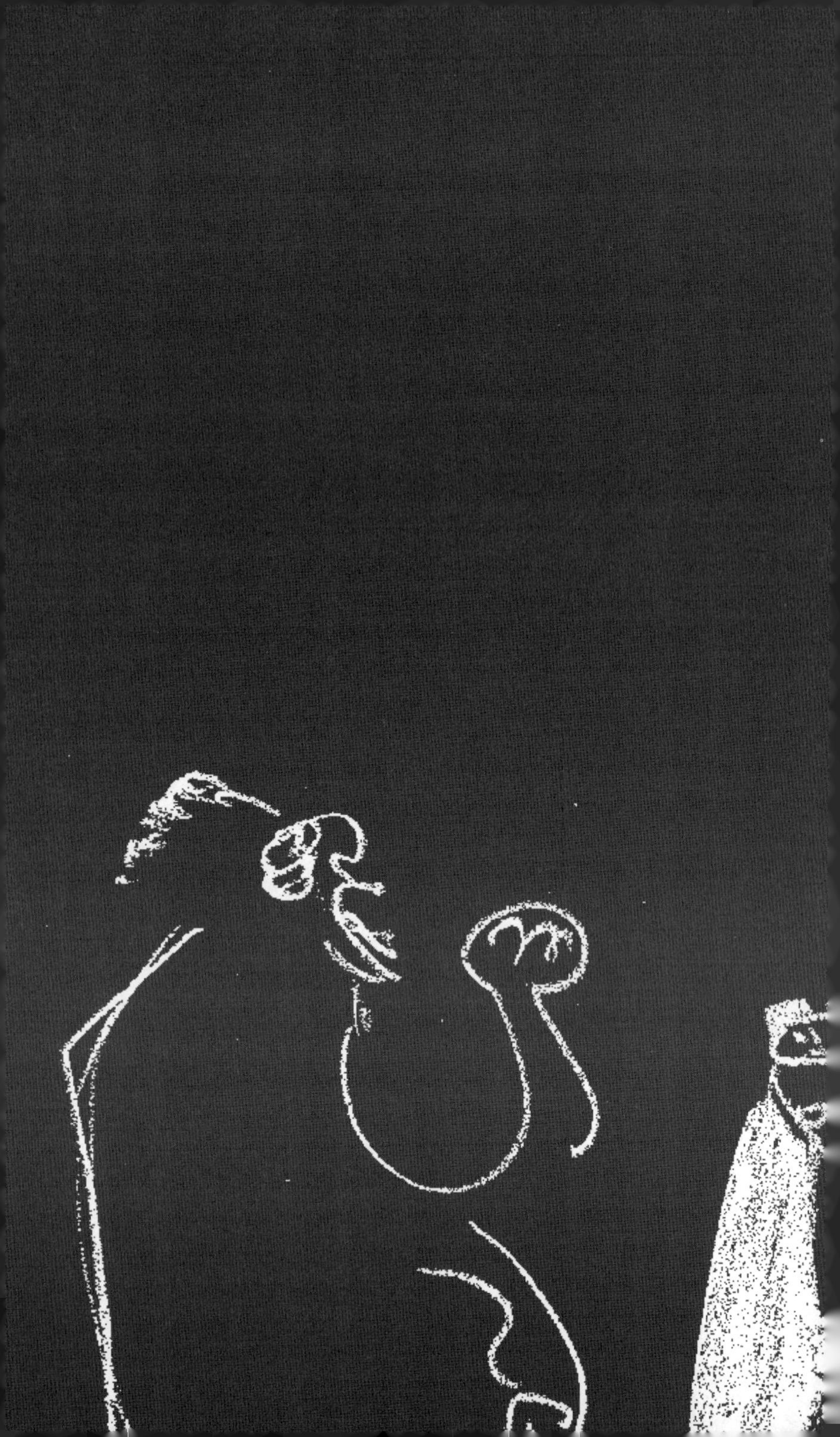

痛

汤米·奥兰治 著

苏十 译

凯伊在走路，行走的感觉很好；他在户外，外出的感觉很好。他没去想自己出门多久了，没去想自己为什么一直待在屋里，害怕见人，担心人们身上散播的东西会伤害自己，因为他正呼吸着凉爽的空气，身上微微冒汗的地方感到了这份清凉，感到风拂过自己的手臂——这简单的动作和感受就是一切。

漫无目的地行走一上午，他终于到了某个地方。这是一座他喜欢的公园，花盆里栽种着许多开花的藤蔓，攀绕着入口处的石拱门。公园里面却几乎没什么花，只有一片绵延起伏的小丘，尽头种着一排桉树。这些树总让凯伊心中涌起一种悲伤，那源于它们的气味——并非记忆，而是他还不记事时的一种感觉。

他今早醒来后打算去散步，去呼吸新鲜空气，离开家，只管往前走，直到他觉得走够了为止。此刻来到了公园，他走够了，于是坐在长凳上，重重地呼了一口气。

坐在公共场所，闻着刚刚修剪过的青草的气息，他感到了希望。他沉浸在这种感觉中，顺其自然，体会着重回往昔的可能。他讨厌自己方才想起那段日子时，在心里称它为"事发前"，但相比哥哥称现实为"新新常态"，这当然还不算糟。

凯伊曾有个孪生兄弟——或许现在也还是一样，只不过他亲爱的哥哥达利尔已经去世，因为那东西而自杀。

起初人们说起它时，用的不是"病毒"这个词。起初它没有名字，或者说它被命名后，名字并没有被广泛使用。以前的病毒，在发展初期都是纯生物性的，这种病却始终不同，该说它是"心理性"的吗？这不重要，因为它引发的常常是生理死亡。这不是副作用，而是它对人们、对可怜的达利尔的主要影响。

"双胞胎"一词不再和凯伊有关，英文中没有对应的词语，来形容一个失去了双胞胎兄弟或双胞胎姊妹的人，又或是丧失了双胞胎身份后的生活。这就像是拥有了另一个影子，一个只有自己才能看见的影子，凯伊一边这样想，一边看着他投在长凳后面墙上的影子，墙上喷涂着一个难以辨识的单词，是"杀"还是"留"[1]，他分辨不出。

那种病刚出现的时候，人们根本不认为它是一种病，只觉得是个别人自身出了问题。凯伊起初以为，那是因为这个时代、这个世界的现状令人难以承受。几年之前，某

---

[1] "杀"的原文为"slay"，"留"的原文为"stay"。

种病毒让世界陷入瘫痪，激起错综复杂的层层余波，其中最令人震惊的就是自杀率。人们纷纷冲向车流，跃出窗户，驱车冲下桥梁，举枪自杀。

甚至出现了一种公共设施：一条固定在地面上的短链，另一头拴着一副手铐。假使你不幸染上此病，不知道自己会在痛苦中做出什么，你至少知道自己会待在原地。

有人开始称它为"痛"，这名字沿用了下来。它出自最早疯传于网络的视频之一，镜头对准一个躺在繁华街道中央呻吟的人，记录了旁观者的反应。画面外，一个小孩问父母发生了什么，另一个十几岁的孩子朝躺在地上的人走去，回答道："是痛，就是那该死的痛。"

它只会持续几分钟，至少五分钟，从来不超过十分钟，但每次的时长都不一样。不过根据人们的描述，时间长短显然并不重要，它会绵延膨胀到令人无法忍受的程度，在开始和结束之间裂出一道深渊，将人吞噬，而一旦"痛"到来，就仿佛永无终止之时。这就是那么多人选择自杀的原因。

凯伊在梦中领略过它的滋味，就像你迈不动脚步、被钉在原地一般。他一辈子只做过三种梦。在第一种梦中，他是土地本身，其他东西在他身上生长，人们在他身上造出房屋和其他建筑，在每场梦中他都是一块不同的土地，但始终不变的，是那种被压在一切事物下面，黑暗、混沌、沉重的感觉。在第二种梦里，他是半人半狗——事实上，人的那一半是老人，而且永远是下半身。他会推一台助行器，然后突然开始追赶一辆车、一只猫或是另一条狗。他会把助行器扔到一边，慢跑着追赶那个东西。变成上半身是狗、下半身是老人的生物让他恐惧，但他不知道这恐惧来自何处。第三种梦永远是一样的，那是被折磨的梦。他被绑在一张餐桌上，男人们轮流进来对他施暴，在各种痛苦折磨的最后，他们会在餐桌边慢慢吃掉他身上残余的血肉，他就是当天晚餐的食材，而拷打折磨是一道使肉变嫩的工序。

哥哥已经去世很久了，他甚至不知道过去了多少天，所以肯定已经很久了。不知道确切的天数——这让他感到了短暂的平静，一种近似平和的感觉，因为早先他还在数日子的时候，即将步哥哥后尘的感觉也最为强烈。如果遇上了"痛"，他也会自杀，只是他迟迟想不出该怎么动手。开枪似乎是过程最快、痛苦最少的选择，但不够万无一失，要是他在最后关头失了手，子弹只轰下了一只耳朵、一侧脸颊呢？不，今天的状态要比之前好，这一点并非毫无意义。

凯伊不知道自己是否浮现出了平静的神情，于是用手机对准了脸。他已经拍摄了一系列被他称为"脸孔日志"的照片，试图在其中真诚展现自己当下感受到的情绪，尽可能每天都记录、努力去捕捉,但他至今都没办法说服自己去查看其中的任何一张。

此刻在手机屏幕上,他看到自己的面孔很亮,甚至有种紧致感,不像在家时那样松垮、灰暗。他住在一栋维多利亚风格的建筑里,房子一分为二,一半归他,另一半住着两个可能是姐妹的女人。他从没见过她们,只隔着墙听到过她们的声音;说她俩可能是姐妹,只因为他有几次不小心错拿了她们的信件。两人姓氏相同,远远瞥见时样子相似,她们甚至有可能是双胞胎,他因此格外留意,不过这也是因为他疑心她们是伴侣,也许已经结婚了,所以才有相同的姓氏。毕竟不是有些伴侣相貌相似,抑或会越长越像吗?或者那说的是狗和主人?

这是那种人们会带着毯子前来的公园,他们会在铺开的毯子上吃饭,周末甚至会在这儿待上好几个小时,仿佛一切岁月静好。他们需要这样。需要忘掉某件必然很糟的事,必然会比预想中更早地发生在他们当中某个人的身上,尽管没人知道这倒霉鬼是谁。在某一刻,所有人都意识到无论躲避与否,"痛"总会找上门来,于是一切恢复如常,就算人们的感觉不同以往,也要装出别无二致的样子。他们相互微笑,不去理会在所有表情中,恐惧最容易藏在笑容的背后。在这种短暂的安全感和怀旧情绪中,凯伊的脸在手机屏幕上做出龇牙咧嘴的表情——那绝对是一副怪相。

←

最终,也就是今天早上,因为被困在那栋一分为二的维多利亚风格的房屋中太久,他甚至连自己那一半的墙壁都看不见了。恐惧和谨慎让他不敢出门,但最主要的原因是,他待在家的这段日子里,别人却不得不走出家门去工作、讨生活。因此不出门成了他的义务,否则人们会怎么想呢?他的特权迫使他待在家里。

他父亲曾创作、演唱过一首流行歌曲,一首昙花一现的情歌。父亲以几百万美金的价格,将歌曲的版权卖给了一家快餐公司。它为公司带来了很好的经济收益。你肯定一听这首歌就能识别出来,并会立刻将它与快餐联系在一起。这总让凯伊感到困扰,一首情歌竟然那么容易就变成了汉堡广告歌。

凯伊的父亲用那笔钱投资了一家创办不久的水壶公司。公司主推一款含有咖啡因的水,业务非常成功,父亲因而在游艇上过起了退休生活。他去了某个手机信号很差的地方,每次凯伊和他通话,声音都会卡顿到彼此没法听懂的程度。于是凯伊不再接听父亲的电话,父亲的来电也越来越少,他甚至不知道达利尔去世了。

知道自己属于非常富有的阶层——这让凯伊想要受苦。在失去感受快乐的能力背后，将他往下拉拽的是一种不自知的渴求——想要受苦，不想让一切来得太轻松。这究竟是什么秘密的愿望或渴望？他为什么会不断投身其中，哪怕他通常很讨厌所有类型的痛苦不适？也许受苦比轻松度日更高尚。然而，表示自己在受苦，将自己的痛苦说出来，仿佛它让你与众不同，这难道不是一种虚荣吗？

一个男人在遛狗，凯伊看到他和那条拉布拉多贵宾犬差点被一辆只能乘坐两人的迷你电动汽车撞到。狗的脚步丝毫未乱，男人却涨红了脸。他怒气冲冲地看着那辆小车驶远，却被狗拖拽着朝凯伊走来。靠近凯伊时，狗呜咽着叫了起来。凯伊很高兴，因为他不想硬着头皮和这个向自己投来关切目光的男人说话。凯伊对男人挤出一个微笑，他知道那笑容一定很难看。这让男人眼中的关切变成了担忧。一人一狗走远后，凯伊松了口气。

凯伊是个瘦小的男人，身形瘦弱、举止温和，脸孔却流露出一种他并不自知的攻击性，让人和狗害怕。

凯伊想，他不会向忧虑屈服，但看到这么多人聚集在公园里，仿佛无事发生一般，他禁不住开始忧虑了。

凯伊听到第一声尖叫时，情况一目了然、再清楚不过。那个牵着拉布拉多贵宾犬的男人率先注意到了，他朝声源跑过去，但很快被头顶的另一个声音制止了，那声音来自一架无人机，告诉所有人保持镇定。

凯伊起身朝尖叫声走去，甚至没去想该不该这么做。他微张嘴巴，盯着声源处，感觉自己就像在看某个名人。在看过所有那些记录了发病过程的视频后，面对现实生活中这真实发生的一幕时，凯伊感觉这尖叫确实不像人的声音，令人不寒而栗，但不知为何，在他听来也有种辉煌的感觉。他都没意识到自己在做什么，就拿出手机对准了那个距离他不到50英尺[1]的尖叫者。他拍下了这一幕，就像在拍摄奇异的天气现象，就像他从未有过这样的冲动，想要记录一切留待后用——录下这可怕的声音，以及一个年轻人捂着肚子、仿佛随时要把内脏吐出来的影像。

尖叫变成了啜泣，年轻人跪倒在地，一遍又一遍地说着"哦不，哦天啊，拜托不要"。接着，一个身穿西装、手持长杆麦克风的人从年轻人身后的树林中走出来。

年轻人现在躺在了地上，他的动作很慢，好似练习过

---

[1] 1英尺≈30.48厘米。——编者注

一样。呻吟声已经小得近似耳语。

"一切都是病态的"——凯伊脑中闪过这个念头，他随即将之驱散。

很远处又响起了另一声尖叫。一个嗓音沙哑的女人歇斯底里地大叫着。凯伊觉得这声音远比那个年轻人的叫声真诚得多——努力得多？

女人的叫声极其尖锐，凯伊想要远离这痛苦的声音，想要离开这个公园。但四下环顾，他发现一些人正单膝跪地，其中有些是向那年轻男子下跪，另一些则朝向那声音沙哑的女人。他们低垂着头。在记录人们遭受"痛"的视频里，他见过旁观者单膝跪地的景象，也听过关于该行为是好是坏的空洞说辞。

他看到很多不知从哪儿冒出来的人，拿着录制设备，仿佛在电影的拍摄现场，只不过手上没有摄像机。就在这时，他听到了另一架无人机在头顶盘旋的声音。

凯伊思考着"痛"发作的频率，它是那么频繁地被人记录和观看。这很荒唐，但没人能移开视线，与此同时，因为人人都在观看，都将全程拍摄了下来、发布在网络上、留言评论、比较每一次发作的过程，这变成了一种表演。

最近，他看到那些经历了"痛"的人，一旦情况好转，就会被送上鲜花。他读到有些"瘾君子小团体"希望能再体验一次发作过程,因为痛楚消退之后的解脱感太过美好。他还读到,人们会寻找别的方式伤害自己,以模拟那种感觉。有报道称,有些人在经历"痛"后皈依了宗教。这和他多年前在一位诗人的回忆录中读到的内容有些相似。那位女诗人谈到,许多在无垠宇宙中俯瞰过地球的宇航员,归来后都会走上灵修的道路,成为某种形式的神秘主义者。

凯伊听说,这些人会像收集样本一样拍摄发病者。他曾听到,数位发展部部长否认政府是这些摄录行为的幕后黑手。但他也读到过,发病者们透露了一些事,据说其中包含重要的信息。具体如何重要,他并不知道,它源自只有那种痛楚才能带来的东西。

然后他明白了一件自己本不愿懂得的事情。他明白了,自己出门走到人群之中,是希望能体会到"痛",并完美表演自己的痛苦。他明白了,他正是为这个世界而生的,这个让他梦见自己被拷打的世界,这个饱受从天而降的剧痛的世界。

疼痛消退后,年轻人几乎像是羞愧般地环顾四周。那些朝他单膝下跪的人抬起头,犹豫着要不要站起来结束跪拜,而年轻人有点像是在给他们鞠躬。凯伊开始讨厌这个年轻人,还有那些朝他鞠躬的人。那个嗓音沙哑的女人还在尖叫,朋友将她的双手绑在了公用链条上,因为方才她不知想要跑到哪儿去。

凯伊觉得自己必须做点什么。要么离开此地，要么坚持留在这里，再待上很长一段时间。

凯伊开始感觉到了某种东西。心里的担忧变成了小小的恐惧，他问自己：这痛楚会不会越来越强烈，渐渐积聚到他无法承受的地步，让他想要去死？然后一件他讨厌却又禁不住去想的事浮上心头：假如他是装出来的呢？新闻报道的患病人数会不会从一开始就是夸大的，其实真正经历过"痛"的人比大家想象的要少？他们只是希望别人看到、重视，乃至敬重自己遭受痛楚的样子？他不知道"痛"是否降临到了自己头上，抑或他只是想要表演痛苦发作的过程，这时一架无人机从空中坠落，砸在他头上，他失去了意识。

凯伊在一个空房间里醒来，四周是水泥墙壁。他躺在地上。

门下方打开了一道窄槽，此前他没发现这道窄槽的存在。从槽口中送进来了鲜花。某个人或某个东西正在把鲜花塞进来。他本以为送进来的会是一盘食物，因为他只在关于囚犯的电影里见过这种装置。

槽口关闭时，他往后一缩，闭上了眼睛。再睁眼时，他又回到了公园。他不知道"痛"有没有降临在自己身上。没有人在看他。他周围也没有掉落的无人机。每个人都在忙自己的事情。年轻人和女人也不见了踪影。没有牵着拉布拉多贵宾犬的男人。公园空空荡荡，太阳正在西沉。他觉得一切都像是没有了时空维度，却不知道这意味着什么。

手机突然铃声大作，他不确定是闹钟还是来电。他看向屏幕，发现是哥哥打来的，这让他怀疑自己或许已经死了。他没接电话，但铃声毫无停下来的意思。他想起了一些事。在另一个公园，天空露出了瘀青般的颜色，那不是今年，而是在他们年轻的时候，他和哥哥整个夏天都在尝试氯胺酮，沉迷于这种药物，沉迷于哥哥所谓"嗨了"的状态。如果你嗑了足够的剂量，但又没那么过火，你就会与现实"失联"。他想起来，那天晚上有铃声一直响个不停，像是有谁打来了电话，然而他们周围没有电话，当时甚至还没有手机。现实世界遥不可及，连身体都不像是自己的。这就像是他融进了周围的环境，与公园融为一体，变成了大地。不过哥哥告诉他，氯胺酮嗑嗨了也有危险。据说有些人因此陷入了无尽的昏迷，或者用达利尔的话说，他们掉进了洞[1]里。

凯伊想，自己的身体忘记了这段经历，是不是为了回避"痛"带来的感觉？他想起，就在那一次他觉得自己完

---

[1] 原文为 k-hole，指人在服用高剂量氯胺酮后产生幻觉的状态，其中 hole 有"洞"的意思。

全变成了大地后,他和哥哥从高潮中缓过劲来,有了一番对话——那就是他梦见自己化身大地的源头。那次他们说起了母亲。他们不了解她,只听说过她的事情。据父亲所说,母亲是美国原住民,但他从没说过母亲来自哪个部族,凯伊和哥哥也对他的话半信半疑。他们聊起了变成大地的感觉,话题转向了他们身上可能流淌着的印第安血液。接着达利尔变得非常生气,先是找了一块大石头,对准一条长木凳扔了过去,接着又把整条长凳扔了出去,最后他转向了凯伊。他的眼神看起来不太对劲。凯伊起初试图自卫,但最终从哥哥身边逃走了。那是他们最后一次一起吸食氯胺酮,尽管达利尔后来仍在吸食氯胺酮,外加他随口和凯伊提起的其他毒品,但凯伊不希望哥哥再找自己一起嗑药了,于是每次都会迅速岔开话题。

凯伊走向一条长凳,想起了被哥哥扔出去的那条木凳。他刚一坐下来,就突然回到了那个门上有窄槽的房间,现在屋里几乎已经塞满了花。凯伊觉得自己无法呼吸了。他开始怀疑,这些幻象是不是"痛"的一部分,因为光是感觉本身不可能如此糟糕,其中必然包含了某些心理层面的东西、某种折磨的意味。

藤蔓现在紧勒着他,他被花瓣噎得透不过气。他在花丛中发出含混不清的尖叫,随着视野被花朵填满、陷入黑暗,他的叫声变成了手机铃声,他又回到了公园。他接听电话，发现是父亲从游艇上打来的。父亲说他们想过来接他，他们离岸不远。凯伊问"他们"是谁，他感到一阵狂风吹过公园。他很冷。环顾公园，他有一种获释的感觉，好像这不再是一座供人游玩的公园，而是一块自由之地。然后他自己变成了公园。他不喜欢成为土地的感觉，向来不喜欢。这感觉压垮了他。他从没觉得有这么大的重量压在自己身上。他觉得自己仿佛被压得喘不过气，却并不会死，他会活下来，他会幸存，但此刻压在身上的痛苦是那么强烈，他希望能长出四肢，希望自己能做点什么来缓解剧痛，但他完全无法移动身体的事实又加剧了痛楚。就这样，仿佛过了几个世纪。他意识到自己在做梦，但他不是也能像以前上学时那样，在课堂上偷睡十分钟吗？他还度过了完整的一生——所以这又怎会是梦？时间在梦中有着不同的维度，在这里也是一样——如果他正在遭受"痛"的话。否则还能是因为什么？他感到猛地一震，身体被撕裂开来，板块在地表深处碰撞，然后他来到了父亲的游艇上。与他们在一起的，还有凯伊梦中的那些男人。他们都在炙热的阳光下喝着香槟。凯伊躺在一面悬挂于水面之上的网里。政府的人也在场，手持摄录装备。还有他的母亲。母亲是黑白的，和父亲给他看过的一张黑白照片相同。他只在那张照片中见过母亲。父亲对她的离开耿耿于怀，但凯伊知道父亲是怎样的人，也知道他可能会变成什么样子，所以他并不介意母亲离开，他介意的只是她从没有回来过。她是一个如此没有存在感的人，以至于连缺席都不会让人留意，但此刻她活生生地站在这里，告诉凯伊别担心，哪怕正有个男人朝他走来。男人赤身裸体，醉醺醺的。他要拿一条死去的大鱼攻击凯伊。凯伊在网中蜷缩身体，等着四周的景象再次变换。母亲试图阻拦男人，不让他拿鱼打凯伊，但她突然大笑起来，然后走到了男人身后，笑得直不起身子，父亲也在她旁边。她轻轻拍着嘴巴，发出几声"嘀嘀"，而这又让她笑得更厉害了。父母端起盛香槟的酒杯碰在一起，顺着船行进的方向眺望着某个东西，手举在额头前遮挡阳光。

他听到一记爆裂声，随之又回到了公园里，躺在地上仰望头顶的蓝天。现在好像更接近之前的时刻——他被无人机撞倒的那一刻。草地上到处是人，他们在尽情享乐，吃吃喝喝，放声大笑。他如释重负，仿佛最糟糕的事情已经结束，比如那压垮他的重担，还有他感受到的恐慌和疼痛。他想要冲进人群、拥抱他们，他想要跳到空中，庆祝自己终于逃脱了噩梦。但他不敢让自己沉溺于这种感觉。他怕这只是自己一厢情愿的错觉，只是噩梦卷土重来前短暂的解脱。他怀疑自己和哥哥嗑药后一直没有清醒过来，又或许他始终都在"洞"里？哥哥会不会并没有去世，而是在医院的病床边等他醒来？他坐在那里思考了很久,等待着接下来要发生的事。天色暗了下来。他思考着自己是否已经摆脱了"痛",还是仍然身处其中?他是否必须相信自己已经摆脱并战胜了它,一切都已恢复如常?尽管他还有可能再次回到那个满是鲜花的房间中,或者回到那艘游艇上,与父母和那些男人待在一起,甚至是回到这个公园里,此时头顶的天空露出了瘀青般的颜色。

作者　　汤米·奥兰治
美国作家,作品《不复原乡》入围普利策小说奖短名单、美国国家图书奖。

房东

基思·里奇韦

著

靳婷婷

译

他会在周末的下午来，通常是星期六，偶尔会在星期天。他会把他那辆胖乎乎的汽车停在公寓前，一半压在人行道上，一半压在马路上。有一次，在一个星期五的傍晚，他不请自来。那天的他有点醉醺醺的，重重地靠在门框上，吃力地在我的房租记账本上写字，对着我背后的什么东西吃吃发笑，也可能是我肩头上的什么东西吧。就这么咯咯笑个不止。只有这一次，他是在星期五过来的。我看着他驱车离开，开了几米就停了下来。车子伏在那里，就像一只掉在地上的水果，比如从树上掉落的青柠或是未成熟的苹果，停在那里一动不动，直到另一辆车在后面停下，试探性地鸣了一下喇叭。听到喇叭声，我的房东一脚油门，随着轮胎刺耳的摩擦声，车子飞快地开走了。

夏天的时候，他经常会带着儿子一起来，他的儿子约莫十二岁，是个胖子，房东打电话的时候，他的儿子会在房子前面修剪草坪。割草机突然发出的声响会把我惊醒，我向窗外一看，便能看到那个男孩和那辆车子，然后，我便会走到房间的门前静静等待。有的时候，我会把耳朵贴在门上。有的时候,我会把额头抵在门上。有的时候,我的身体会紧张起来,心里变得空空的,好像除了等待,没有任何别的事情可做。通过说话声、敲门声和各种响动,我能估算出他和我的距离,但有的时候,也会判断失误。

我住在公寓的顶楼,这里以前可能是个阁楼,但我住的时候这里分出了一间非常逼仄的浴室,一间房东拿来放置旧家具和零碎物件的稍大些的储藏室,还有一间我的卧室。卧室里有一张破床、一张桌子、一个水槽、一个炉灶、一台冰箱和几把椅子。虽然有几把椅子,但只有一把坐上去是舒服的。倾斜的墙壁上安装着置物架,只能承受几本积满灰尘的平装书和零星旧物的重量——一些照片、几只小罐和盒子,还有我父亲的信。电忽来忽停,夏天的时候,在太阳的炙烤下,这里白天大部分时间都闷热得待不下去。我会去公园,在凉爽的树荫下散步,看着人们在湖里游泳,向跟我一样在树荫下闲逛或在古堡废墟附近徘徊的人点头致意。到了冬天,我则守在煤气炉旁边取暖。

他总想跟我说话。当然,除了要收我的钱,也就是房租,他也想打发时间,征求一下我的意见,有的时候,他会为自己的儿子操心,也就是花园里的那个男孩,但更多的时候,他会谈起他的妻子。

有时,我会先听到割草机的声响。但通常,最先传来的是大门砰的一声关上的声音，那独特的声音明显是他发出的。"砰的一声"，这个词太重了。莫如说是门被掩上而没有关上的声音。这动作算不上粗鲁，但也不算小心翼翼。房客会关门，而他只是放手让门自己掩上。他放开了门，或许用手轻轻推了一下，或许只用了几根手指的力气。接着传来的，就是他上楼时发出的响亮而峻厉的敲门声。就像我说的，我的公寓在顶层，窗户正对着公寓的前方。我能看见马路、花园、步道和底端的几层台阶。我很少受到惊吓。这我已经说过了。吓到我的有时是汽车声，有时是男孩讲话的声音，割草机的响声，大门掩上的声音，还有敲门声。我会站在那里等待。有的时候，我可能会恍惚片刻，而那敲门声就如同重重打在我身上一样，我会猛地一震，一时间呼吸困难，仿佛跌倒在开阔的草坪上。

我只想要一个落脚的地方，你们懂的，只想要一个安身之处。我小的时候非常胆小。我是由父亲带大的。他是个彬彬有礼的绅士。要我说，他彬彬有礼得过了头。在他的影响下，我也彬彬有礼，有时谨小慎微，甚至一惊一乍。人们觉得，这种特质放在男人身上并不讨喜。我以前喜欢运动，擅长踢足球，还会游泳。但随着年龄的增长，我的身体也不如从前。现在我主要的运动是步行。我能走很远的路。我也能跑步，四下无人的时候，我就会跑步。

他在别的房客门口发出的声音听上去很粗鲁,他偶尔也会提高嗓门说话。邻居到底做了什么让他不高兴的事,我不清楚。我们之间很少交流。但对我,他的语气却平静而恭敬。他把我的名字念错了,但每次念错的方法都始终如一且充满自信,以至于一段时间过去,我开始怀疑他的发音才是正确的,念错的是我。起初,他只是站在门口,有时也会靠在门框上。他会微笑着和我打招呼,我会把黄色的房租记账本递给他,里面夹着钞票,正好夹在要打开的一页。他总会伸出两三根手指,敏捷而快速地用一只手把钞票展开数清,然后再心满意足地叠好、装进兜里。然后,他会把日期、金额、他名字的首字母写在本子上,再把本子交还给我。与此同时,他一直在闲谈、讲话、念着我的名字,不时把目光投过我的肩膀,打量着房间,看看角落里的暖炉,瞧瞧陈旧的床铺,瞅瞅挂在栏杆上发霉的衬衫,瞥瞥桌上的报纸杂志和碗碟,不知从什么时候起,他开始要求进屋来。

我可以进来吗?

他有时会从储藏室里取一些小家具,或者放点东西进去,比如一个帽架,一面镜子,或是一张卷起来捆好的毯子。也许,一切就是这样开始的。他在里面翻翻找找,我给他递些杂七杂八的物件。您需要什么吗?

我可以进来吗?

我的嘴张开又合上，我好像摇了摇头，不是拒绝，而是像我这种人的一种不经意的动作，比如抽动一下嘴唇，轻轻耸耸肩膀，仿佛在说：当然了，如果您愿意，没问题，我觉得可以，如果您真的想进来的话，我虽然不知道您为什么想进来，但是尽管进来吧，我总不能说不让您进来，对吗？来吧，进来吧，这地方毕竟是您的，我之所以能住在这里，都是因为您的慷慨大度。当然，没问题，屋里这么乱，真不好意思。以前屋里从不会这么乱的。给您椅子，请，请坐。喝茶吗？您喝茶吗？

夏天天气炎热的时候，他会走到窗前，看着那个正在修剪草坪的男孩，抱怨抱怨天气，再抱怨抱怨那个男孩。他会看到我所有的窗户都敞着，婉拒我的茶水，一副为了什么事情困惑不已的样子。夏天的时候，他对茶一向婉拒。但在冬天，他有时会接受，可能只是抿一小口，也可能一口不喝，但他从来没有喝完过。我问他要不要吃点什么，但他似乎对食物不感兴趣。尽管如此，他的身板倒挺敦实。肚子从腰带处溢出来，肥头大耳，头发垂在脸的两侧，秃顶，发尾是脏兮兮的棕色，向发根处渐变成干干净净的银白。他穿衬衣有自己独特的风格，从不会特别干净，总显得有点紧绷，裤子也一样。他与英俊优雅完全不沾边，但他似乎意识不到这一点，因此举手投足都非常自信。至少在我的房间里，在上楼的时候，在公寓里，在花园里，在上车或下车的时候是自信的。也许他的自信会在其他地方骤降，我敢肯定，但我没有机会到那些地方去。当时没有机会，之后也没有。那种你可以随心所欲来来去去的地方，可以在墙上挂画的地方，可以给墙刷漆的地方，或者邀请朋友来吃饭甚至留宿的地方。不用说，父亲在信中把我骂了一通，怪我活到这步田地，他确信，是由于我不够积极进取造成的，问题全在我。房东对我从不会这么直截了当。他会礼貌地问我工作怎么样，最近遇没遇到什么好运，神灵或天使或命运或因缘有没有对我有所眷顾，诸如此类泛泛的问题。他问个不停，好像是在说：你怎么还赖在这儿不走？

我曾经认为，他和我父亲一定会一拍即合。

他告诉我，他的妻子抑郁得很严重。她终日守在窗边等待着。他早晨醒来，发现床上只有自己一人，于是下楼走到前厅，从前厅可以望向花园，他们家的花园。他的妻子就坐在那里，她把扶手椅转向窗外，对着庭院，一直能看到通往大门的长长的车道。听到他的声音，她没有动弹。当他把手放在她的肩膀上，她什么也没说，只是把自己的小手搭在他的手上，轻轻地捏了一下。她的手很温暖，他松了一口气，她还愿意主动摸他，他又松了一口气。虽然松了口气，但当然也心烦意乱。她叫他把门敞着。他到厨房给儿子做早餐。他不愿说妻子的名字，也不愿说儿子的名字，只是称呼他们为"我的妻子""我的儿子"。他问我他该怎么做？怎样才能走进她的心里？我问他，他的妻子是不是出了什么事？她的抑郁是不是平白无故的？因为，这种情况时有发生。他一脸疑惑地看着我，用手摸了摸额头，叹了口气。他感谢我倒茶给他喝，然后便起身离开。他在门口停了下来，转身告诉我，我提了一个非常有趣的问题，一个他从没想到的问题，他要好好思考一下，他期待着下个星期和我再见。

她等待着，那个被他称作妻子的人，等待着有人来访。所以，她才把椅子放在窗前。所以才有了长长的车道，庭院，某种树，一株大树，绕着树的一条小路，诸如此类的东西。她在等待某人，或者是任何人。我觉得我应该打个电话。或者至少……

我想知道他们住在哪里。我把文件浏览了一遍。租赁协议，租房合同。物业条款明细，螺钉固件，固定物品，家具，周围环境，所有这些的存续状态。不可翻修改建的声明。付款时间表。押金收据。违约扣留押金的条件。房产证。信誉证明。租户责任。中断合约提前通知时间。我想找到一个地址，但上面只有我自己的地址。我的房东只留下了一个名字，一个电话号码。他的名字的读音是那么模棱两可,不知我念得对不对。那个电话号码我打过一次,那个女人接起的时候正好在地下室跌倒。跌在了台阶上。我不知道我想说些什么,反正号码已停机。那是一个声音告诉我的,说的大致是这个意思吧:号码已停机;号码是空号。

至少得到他们的车道上走一走,这样一来,她就能看到我了。或是在雨中,一个身影无精打采地走来,弓着背,形单影只,花园里有一股恶臭,是某种动物的尸体散发的味道。或是在阳光下,一个被遮阳伞遮住的身影缓缓移动着,仿佛拖着一只脚走路,仿佛受了伤,想找个地方休息一会儿,停下来靠在一棵树上。就是那棵大树。我很好奇会发生什么。她会惊讶地倒吸一口凉气,站起来,走到门口。我是指他的妻子。他会在家吗?不会。她会惊讶地倒吸一口凉气,站起来,走到门口。先走到她所在的房间的门口,然后再走到大门口。她会惊讶地倒吸一口凉气,站起来,走到门口。

可怜的人啊,你已经湿透了。进来吧,把衣服脱了,我来帮你擦干。

但她是不会这么说的。

我一直在等你。我现在才意识到你是个瘸子,我不该跟你生气的,但我忍不住。我一直在等你。我等了你这么久,但你用了这么长的时间,才爬进我的老巢。

她是不会说"老巢"的。她为什么要说"老巢"呢？她是不会叫我"瘸子"的。只是会在心里想想罢了。但谁知道呢，这些人什么事都做得出来。

我一直在等你。我丈夫告诉我，你是一个完美的房客。他说你每周都会按时交足房租，从未拖欠过。你把公寓保持得干干净净，邻居们对你从没有什么怨言，你不会在墙上挂画、制造噪声，也没有客人进进出出，我是指在正常作息以外的时间请人来家里做客。还有音乐，你不会在家放音乐，大部分的时间，几乎找不到什么表明你在家的迹象，也许偶尔会看到深夜里亮着的灯，但是灯光昏暗，而且只能从街对面看到，灯光对于这样的房子来说并不难看，总比顶楼的窗户空荡荡、黑漆漆、冷冰冰要好。你有的时候会刻意开着窗户，对不对？一开就是一整夜。你为什么这样做？因为你觉得，表现出有人居住的迹象对所有人都有好处，对我的丈夫有好处，因为他投入了成本；对我儿子有好处，我丈夫在他身上投入的最多；对我有好处，我是丈夫的受益人；对你的邻居有好处，以免让他们觉得自己住在一幢显得空无一人的公寓里；对你自己也有好处，这是你存在于世的一个信号。一个简单的标志。一抹微明的暖光。一丝温暖的气息。我们不要把事情浪漫化。那不过是一只灯泡投下的某种近似橙黄色的光，光落在你的架子上，黑色的玻璃上，你读的书上，你的盘子和杯子上，你的桌面上，你的被褥上，你的皮肤上。

她会称赞我的谦逊，我的顺从，我的文雅。我之所以能表现出文雅，全因为她沙发上的靠垫和沙发罩，她家中的绘画、陶器和玻璃器皿，檐口和地毯，还有她的书，她那些套着硬壳的书，那是运动员、政治博弈的胜者、演员、画家、作古的圣人的传记。"世上没有活着的圣人。"她边说边笑，向后仰着头哈哈大笑，一只手拿着杯子，一只手抚着脖子。

她举起手，抚摸我的脸颊。她在我面前摆了一个杯子。让我坐在她身边。她问起我的童年。她给我讲起她做的慈善工作，让我称赞她的慷慨，说这件事非比寻常，甚至令人震惊，她竟会为那些垂死的人，那些孤儿，那些欧洲战争的无辜受害者做这么大的奉献。发生在欧洲的战争，她悲伤地说，拙劣地模仿着痛苦的样子，摆着手，摇着头，想象一下，你能想象这种惨事吗？

我为什么要去那里？我为什么要坐在电车上？是公交车。为什么我要坐在公交车上？一路上，阳光都照在我的脸上，我为什么要穿着太过严实的衣服，靠着玻璃坐在那里？我的肩膀靠在玻璃上，阳光照在我一侧的脸颊上。为什么我要下公交车，被身后的汽车推搡着，沿着长长的小径和没有路沿的马路走下去？阳光照在我的腿上，我的衣服不够暖和，金闪闪的雨滴被北风吹打在我的身上，太阳从不落下，阳光在我的耳中咆哮，为什么我要步行那么远，长途跋涉，饥肠辘辘，头脑空空，只为到他们家去？走向那大门和车道，那坚固的大门，那宽阔的车道，那围绕着树的小路，那棵大树，如同一股腐朽的气味无精打采地走进视线，裤腿中藏着一把斧头，袖口里插着一把刀。我知道如何劫友。父亲在他的信中一次次催促我劫友。她用手捂着喉咙。父亲的意思，是让我"结"友，让我结交些朋友，好让他们帮我成为……真不知道他是怎么想的。但他写的确实是"劫"友。他向来词不达意。

也许他们会喜欢我吧。他就挺喜欢我的。从某种意义上说，他是喜欢我的。也许我可以住在他们的房子里，当个画家。或许，我可以帮他们画些赝品。模仿伟大艺术家的作品。一幅遗失的苏丁的作品，一幅席勒的人像，一幅帕金斯的素描。我们可以达成某种协议。他应该在城里认识某个画商，或是一系列这样的人，知道某种门路，某种能让我的作品适得其所的方法。出处，历史，血统，所有这些东西都是伪造的。这是个有趣的词。我是说"伪造"。把"人为"拼在一起，就成了伪造的"伪"。或许，我们可以达成某种协议。作为回报，我可以获得健康、三餐、一张床铺、在庭院里散步的福利。

庭院可能要被废弃了。有人在修剪草坪，那好像是他们的儿子，那是一个胖孩子。不知道他们有没有女儿，他是那种把女儿留在家里让母亲看顾,自己只带儿子来收房租的人。耶稣慰藉收房租的人,还是慰藉税吏来着?当然是税吏。[1] 就连耶稣也没空在意收房租的人。也许他们都会那样看我,把我视为悲悯的耶稣,悲悯房东的耶稣。

他告诉我,他的妻子身体不舒服。她的心脏有毛病,不能继续工作,心脏已经受够了,就像一台渐渐失准的时钟一样慢了下来,步调缓慢但稳扎稳打地失去了用处,混混沌沌,在踟蹰和焦虑中徘徊,磕磕巴巴,越来越慢,多少次似乎停止了跳动,却又继续跳下去,跳下去,时断时续,没有规律,如此往复。明喻、隐喻、类比,他虽然会使用这些修辞,却没有怜悯之心。他担心妻子会死。他问我是否失去过亲友。你有死去的亲友吗?我摇了摇头。我没有死去的亲友。一个也没有。可能有哪个我不认识的年长亲戚,某个我不记得的祖父母,某个在我小时候住在我家附近的女人,但我与她素未谋面,也没有听说过她。她的儿子认识我的朋友,但我不认识他。事后我见过他一次,他正在踢足球,我说的是那个丧母的男孩。一个朋友把他指给我看。我看了他一会儿,但他似乎和其他人没有

---

[1] 《圣经》中多处记载了耶稣与罪人和税吏一同吃饭的事情,如《马太福音》《马可福音》和《路加福音》,税吏在当时被视为贪财的官员,因此,这些事迹展示了耶稣的怜悯之心。

什么不同，一样的冷漠、疲惫。我还没有经历过死亡。或许这一点让我对他毫无用处，反过来说或许亦然。

他无精打采地坐在椅子上，肩膀耷拉着，肚子凸出来，双手通常会放在膝盖上，双眼时而盯着桌面，时而盯着我，时而盯着墙壁，有时也盯着窗户。他的坐姿显得他筋疲力尽。有的时候，他还会打哈欠。他缓缓张开嘴巴，肉嘟嘟的脸随之扭曲。他有一双小眼睛，一口乡下口音。他好像会时不时地打盹儿睡过去。我尽量坐着不动，静静等着。他的眼睑耷拉下来，垂下头打起盹来。他什么也没说，只是呼吸，几乎完全静止。

谁知，他冷不丁地问道：你对国际形势怎么看？我妻子很为国际形势焦虑，什么事都会让我妻子焦虑。他笑了，挠了挠前臂干燥的皮肤。什么事都能让她焦虑，噪声让她焦虑，寂静让她焦虑，战争也让她焦虑，但如果她不用为战争焦虑，她就会为和平的不堪一击而焦虑，或者为和平本身焦虑。她会说，所有那些到了兵役年龄的男人，却没有可以为之战斗的东西；她会说，这简直就是颗定时炸弹，这么多年轻人不用战死沙场，而是得以存活在社会上，没有出路。她会为此而焦虑。若不是这件事，还有别的事情让她焦虑。

当我第一次见到她时，她的焦虑远没有这么严重，她关注的是更私人的小事。她会为自己的外表焦虑，会因为我一两天没有联系她而焦虑。是不是很不可思议！她会因在别人面前说蠢话而焦虑，为她的父母不喜欢我焦虑，为钱焦虑，为我们那些没钱的日子焦虑，告诉你们，那些苦日子可不是闹着玩的，等着吧，等我学懂了法律，等我摸清了制定法律的门道。我可以告诉你们，当时的日子真是举步维艰，你们可能都不会相信我有多焦虑，这是发自内心的焦虑，不是我那可爱的妻子那种无所事事、天真幼稚、肤浅浮夸、腐贱富垮的焦虑。她要是知道我有多么焦虑，她自己就能因焦虑而死，但或许她还是察觉到了什么，从我身上察觉到了什么——没有谁能掩盖一切情感，告诉你，我不是那种会掩盖情绪的演员，你们一定会发现，我是那种一切情绪都写在脸上的人。等着吧，等我学懂法律，等我结识我们当地的立法代表，等我把派系的人认识一遍，我说的人，除了男人还有女人，我说的派系是指所有的派系，所有的立法者，把他们全都认识一遍，把法律的门道摸得清清楚楚，直到我了解如何操纵法律这台机器，直到我玩懂那些所谓的表盘和开关，那感觉就像是熟练地驾驶一台——对了！——麦赛福格森拖拉机，或者掌握养马的技术，或是驾驭某种艰深的知识。在那段岁月，我们有很多事情值得焦虑，但她却只为肤浅浮夸的事情焦虑。现在，我们没有什么事情可焦虑，她却为战争焦虑起来。你说怪不怪！

有的时候,他会拍拍他的口袋。他把身子微微侧向一边,用手拍拍口袋。我想,也许他过去吸烟。他拍了拍口袋,然后又坐直了身子。他从不会把手放进口袋。他从不这么做。我能看到他的钱包鼓起的形状。他把钥匙放在我的桌上。一大串钥匙,比公寓里的房间还多。这栋公寓是他的。我觉得这串钥匙的数量是公寓房间数量的两倍多。可能他还有另一栋公寓吧。我们坐下来,听到了割草机的声音。就算我给他倒水,他也不会喝。他想要聊聊他的妻子。他说着话,看着桌面,看着墙壁,看着窗户的玻璃,看着橱柜,看着水槽,看着门。他没有看床。

一天,他说他的妻子可能要死了。那天很热。男孩正在修剪草坪,杯上落了一只苍蝇,他的水一口也没喝。他说她已经动弹不得了,需要有人照顾。他只得雇了一个人,每天来家里做些杂七杂八的事。他说得含糊不清,他来回挥动着一只手,然后又把手放回膝盖上。那是非常炎热的一天。他可能需要雇人搬到家里住。全天候照顾她。两个人,他估计,甚至得雇三个人。一刻不停地看护她。

谁知道她是不是大限将至了?医生也不知道。他们来给她做检查,告诉你,他们屁用都没有。所以谁知道呢?这种情况可能要持续好几年也说不准。但我每次下车,望着窗户,都不知道等待我的是什么。谁知道呢?她

195

— 房东 —

已经奄奄一息了。花在这上面的钱贵得离谱。眼下的情况就是这样。因为战争。还有利率。当然还有利率。通货膨胀。我儿子要补课,他有很多问题。他是个聪明的孩子,但也有问题。哎,我就不跟你絮叨了。问题一个接着一个,层层堆叠。我当然知道你不是,你呀,你当然不是问题,这我当然知道。不过言归正传。从下个月开始。是下个月吗?

他看了看手表。他告诉我从下个月开始,房租将每周提高一定的金额。他环顾四周,说他要把屋里粉刷一下。要刷漆,还要做清洁。别担心,他说。先清洁,再刷漆,他纠正了顺序。不用麻烦你,我会帮你解决,你完全不用操心,刷上一层漂亮的新油漆。我会派人拿着油漆颜色的样板来给你选。

这一切,他说,都让人觉得暗无天日。我是指我妻子的情况。她瘦了很多。我估计应该有二十多公斤。就在过去几个月里。二十四公斤,在不到三个月的时间里瘦的,这我知道,不用估计。我每周都亲自给她称体重,每周三都称。我们每周三都会称体重。这个习惯是她提议的。从很久以前就开始了。为了我的肚子,专门买了体重秤。她坚持让我每周三称体重,她也会称,为了给我一点鼓励,当然,体重摆在眼前,这就成了一种挑战。我倒是喜欢有点挑战。倒没有那么严格。我只是在称过体重之后留意一下自己的饮食而已。我稍微减了点，她向来不需要减。但我告诉你，她的体重已经失控了。现在的她，已经轻成一片羽毛了，我的老天啊。

他用手揉了揉脸，说他会跟我联系关于清洁、油漆颜色和粉刷的事情，然后就离开了。

我仿佛不完全是我自己了。我怎么可能是自己？我好像已经成了另一个人。我的生命是分配给我的：给你安排好了，你就在这儿生活吧。我是那种要经过他人允许的人：来，站在这里，坐在这里，躺在这里，在这里走路。一个房客。你们懂吗？事到如今，我也无能为力了。我的父亲已经过世，置物架空空如也，老房子早已遗失，还有那空旷的原野，空无的苍穹。事到如今，我也无能为力了。在人生的尽头，他总算调动起一丝怒气。在人生的尽头，他终于找到了一点愤懑。我尴尬地站在他的床脚，护士们咯咯笑着，他的皮肤变得青紫，他的呼吸声在机器声、哔哔声、各种气味和咯咯的笑声中显得如此突出。我从来不是我自己，而是别的什么谨小慎微的东西。

我去了他们住的地方。一天，我直接开口问了他。您家很远吗？他说了国家边缘的一个地方，一座小镇。于是，我去了那里，先坐了一辆电车，又搭了一辆公交车，但我并不知道他的房子具体在哪里。我身穿一件帽衫，脚穿一双鞋，戴着一副墨镜，罩着一件外套。酷暑难耐，一群警察懒洋洋地坐在大街上，两眼无神，吃着三明治，喝着罐装饮料，轻抚着随身携带的黄色警棍。我找到了邮政局长，但不知如何问出我想要的信息。请问这个人住在哪里？这是他的名字，好像是的。我不知道该怎么念。他开这种车。他有一个儿子，有一位妻子。我在小径和马路上徘徊。四面八方的一切都显得那么邈远。我盯着大大小小的房子，寻找他的车，寻找一个修剪草坪的胖男孩，寻找一个面向窗口的女人。我所知的，你们也都已经知道了。有那么一两次，我以为看到了他，或是他的儿子，但这种人无处不在，这些跟他们长得一样的人。我们有我们的法律，我们的立法者，我们阔气的房产，我们的国家，我们的时代。当然，这些东西并不属于我们。当然不属于我们，这个谎言不需要由我来点破。

突然，我看到了那辆车。看到车身上未成熟的浆果的颜色，车子停在树篱和草坪之间的路面上，发着冷光。那是在一幢中等大小的房子的坚硬石墙旁，房子有向外凸出的弓形窗，盆栽之间有一扇宽大的门，一根没有冒烟的烟囱，空气宁谧静止，隐隐飘着小苹果和小青柠的香气。我站在那里凝视着，脑袋安放在双肩之间。一条砾石车道。一扇打开的铁门。没有步道，没有树，只有树篱和空空的苗圃，一种黄昏的骚动，当眼睛去捕捉时，就消失得无影无踪。窗户空空如也，白花花，黑漆漆。我在窗前小心转了几圈，然后迅速又轻快地走到门口，敲了敲门。抑或，我根本没有敲门。然后我转过身来，羞愧难当地向大门走去。快步、无声地走去。我走啊走，走到一个拐角处，从那里，小径开始朝着镇子的方向拐去。我快步走着，经过了一个受惊的男人，一个奔跑的孩子。我自己也跑了起来。我看到一块草地，我飞奔起来。一个套着缰绳的人，渴望奔向什么地方，或许是奔向一个无人设限的空间。在我的身后，在空旷草地的那头，我看见几位警察走进了房东的房子，又旋即从里面出来，大喊大叫，指指点点。他们跨上马儿，朝我这边飞驰而来，举起的手中紧握着的手电筒，发出黄色的光。

作者　**基思·里奇韦**
爱尔兰小说家。首部作品《漫长的坠落》获得爱尔兰鲁尼文学奖，《霍索恩与子女》获得法国费米娜文学奖，《震惊》获得詹姆斯·泰特·布莱克纪念奖。

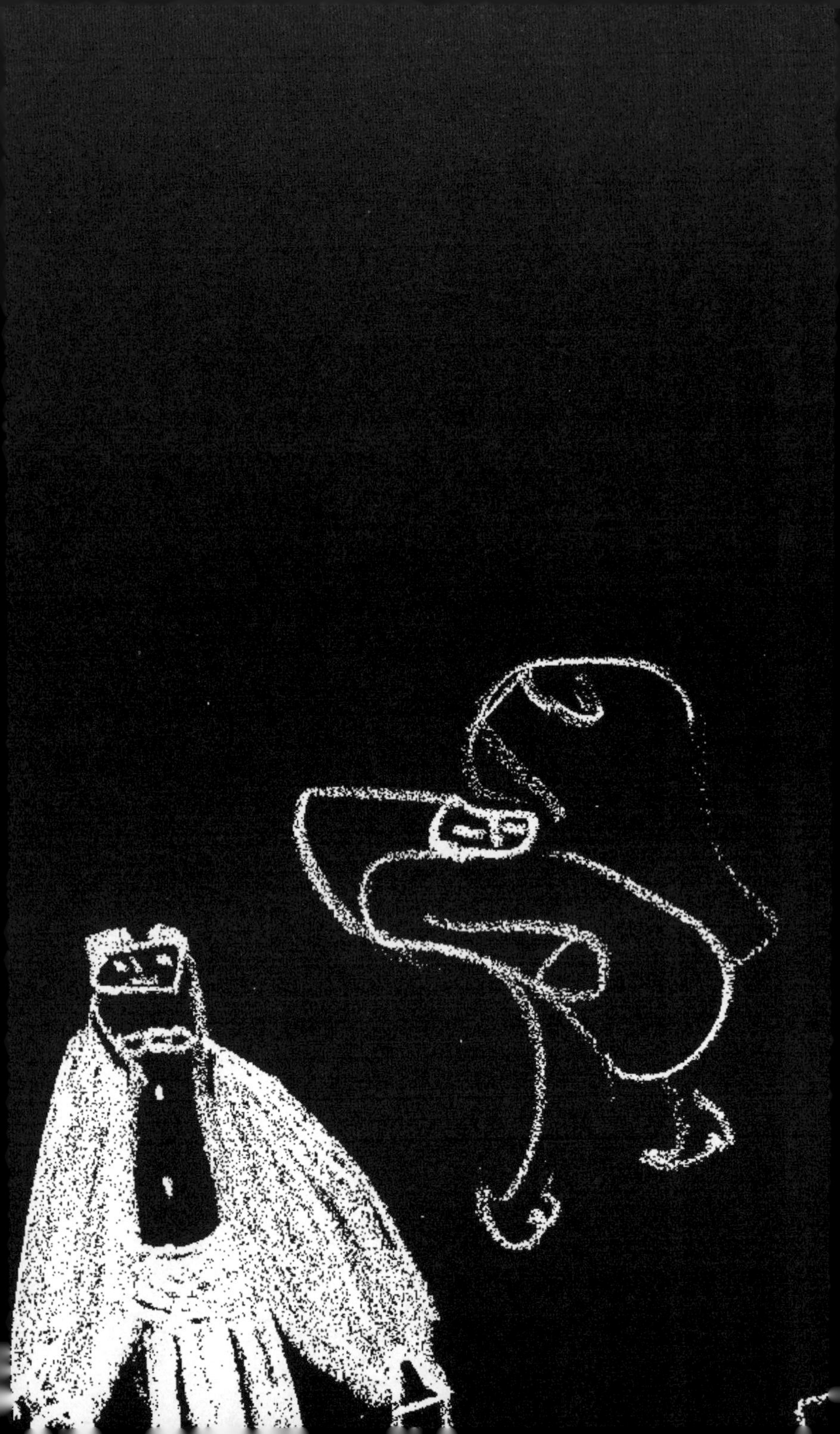

重回博物馆

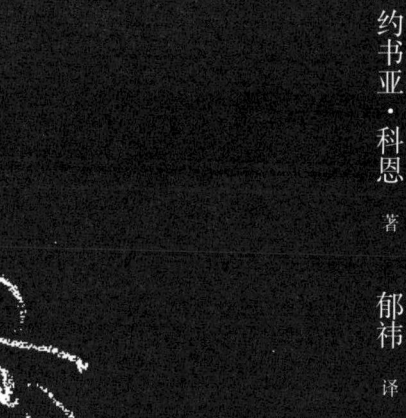

约书亚·科恩 著

郁祎 译

很久没有人了——没有策展人、研究员,也没有警卫、清洁工,甚至没有正常的照明,没有合格的温控——仔细想想,很久都没有了,很久很久,太久太久了。有人开始称这是"冰河世纪"的开端,这还真是令人忧心。流言满天飞,猿猴间咿呀咿呀地传着各种闲话。各色观点、理论,或低俗或高雅或不高不低的偏执阴谋论都在流传。即便到了现在我也不敢说大家都认同官方的说法,即有场瘟疫在全球范围内肆虐,导致人们只能彼此远离,不出家门,以免染病而死。政府下令关闭一切非必要的运营场所,比如商铺、学校、脱衣舞俱乐部、宗教场所、音乐厅,还有博物馆——作为一个利益相关者,一个博物馆的受益者——我倒也不会辩解博物馆不是什么非必要之地……对此,我有足够成熟的心智……

一周周、一月月过去,紧接着便是一整个冬天的沉寂,直到春天再次到来,随之而来的还有比以往更积极、彻底、想要洗净一切的精神,以及恼人的漂白试剂和刺鼻的消毒喷雾,然后突然间,又是一个美丽晴朗的印第安夏日[1]（若还能用这个词的话，要是不能用，便唤之为"秋日"好了）。走廊的灯亮了，空调嗡嗡作响，我们开门了。我们再次开门了。我们回归正常了，几乎回归正常了。

有个孩子在楼梯上滑倒了，不仅滑倒，还跌了一跤，膝盖在大理石台阶上擦伤了。另一个孩子撞到了信息展示板，哭得停不下来。之后还在女厕所里逮着个男的在吸些违法玩意儿，尽管没发现这人犯了别的什么事，但他还是被捕了。总的来说，这不过是博物馆里的一个寻常的工作日早上，唯一不寻常的便是大家脸上的口罩——一个个或尖或扁、鸟喙似的小套子，盖住了游客的脸，引发了一个又一个问题：口罩真的有用吗？若是没用，为什么要强制大家戴？若有用，又为何不给我们发？是游客的命比我们的命更重要吗？换个问法：博物馆是为何而开，又是为谁而开的呢？我们准备好认真讨论这些事了吗？

这里仿佛闯进了一群拙劣的少年盗窃犯，一个个连脸都伪装不好。他们把口罩推上去，又是咳嗽又是打喷嚏，把玻璃都弄脏了，喷得展柜满是细菌。有的人干脆把口罩丢在地上，甚至丢进了展柜里，活像一只只白色的大蟑螂趴在里面。还有个叛逆少年爬到了高处，将口罩套在一只鹿的脸上，把口罩带子扯了又扯，直到它啪唧一声

---

[1] 原文为"Indian summer"，指的是秋季出现的炎热天气，即秋老虎。该说法常被认为含有歧视原住民之义，已被渐渐淘汰。

断掉。

快要关门的时候成年人也来了，没带孩子的成年人。这倒是出人意料，就跟那群戴面罩的小贼一样出人意料，令人不安——在一个工作日下午，一群没带孩子的成年人竟来了博物馆。外国游客来，我可以理解；老年群体来，我也可以理解。但法定意义上的本地中年居民连个孩子也没带，来博物馆做什么？他们难道不用干活、不求晋升吗？办公室里没活儿派给他们了吗？在小行星撞地球之前——也就是在疾病暴发，我们被迫关门歇业之前——自然历史博物馆是个父母带着孩子来的地方，现在依旧是这个地方。我担心这里将永远是这么一个地方——一个直接且明确，甚至可以说是带了几分屈尊俯就地迎合年轻群体的机构。在这里，孩子们可以触摸（一部分）展品，他们也确实老摸来摸去的，到处留下汗津津的手印。在这里，孩子们——用博物馆刻意低龄化的用词来说——可以"互动"，可以"发现"，可以"探索"……

不幸的是，成年人典型的栖息之所是公园对面的另一座博物馆：艺术史博物馆。智人一旦成年，多半会选择在与他人相识相约时，双双置身于被智人认定的种种艺术杰作中，一边走过各种画成的、雕成的，甚至多半只是安装而成的艺术垃圾，一边向对方倾吐求偶之词，说的还不是事实,而净是些矫揉造作的批评和充满政治倾向的"感受"。之后他们会结婚——往往就在两座博物馆之间的公园办婚礼——孕期一过,他们便背着自家小崽子,笨拙地推着沉重的婴儿车来到我们这里。至少,这就是传统。世事一直如此——伴随着尖叫、长牙、哺乳。而在这劳动节[1]后的傍晚,在临近闭馆时,来了这么多不拖家带口的成年人也确实反常,即便大家都已经复工,也够反常的。我必须斗胆说一句,我的心中是燃起了些希望的,眼前这光景不仅意味着我们可能迎来此前尚未充分开发的新会员和捐赠者,也意味着博物馆终于可以成长,可以操办一些新的展览和项目,变得更成熟,不那么迎合……

我挺乐观的,但也不得不承认——即便有些羞于承认——我觉得自己被冷落了。这群人看起来都没什么兴趣,我是说对我没什么兴趣,说得更无私一些,这群人是对自己的祖先没什么兴趣。我的后代经过我时甚至没有停下来看我一眼,就连他们映在我展柜上的、幽灵般的倒影也没看,既不检查是否脱发,也不借此补妆。他们急急忙忙、偷偷摸摸、小心翼翼,他们不曾停下脚步捯饬自己,而是径直走了过去。我倒不是在自我安慰,但我向你保证,他们避开的不仅是我——我和我的家人——而且是

---

[1] Labor Day,也称美国劳工节,即每年九月的第一个星期一,也常意味着当年夏季的终结。

直接忽略了人类进化的所有阶段,仿佛一切从未发生过,仿佛一切必须被抹去。

他们不停地互相问路——有几位甚至问起了警卫员,警卫员只得指了指箭头所指的方向。连个箭头都看不懂,这群人是有多原始啊?他们不停在我的展示柜旁打转,找了又找,还是没找着恐龙展厅,哪怕——我不得不遗憾地承认——恐龙展厅明明是馆中最受欢迎、标识也最齐全的地方啊!这群人在一个常有婴孩哭叫的地方戴着口罩私语,在一个见惯了喷射而出的呕吐物和滴滴答答湿尿布的博物馆,又是悄悄比手势又是偷偷点点头。

斯皮策和利基,守护着我们灵长目的两位当值警卫,被叫去应付在泰坦巨龙骨架下的阴影处瞎晃悠的数十人,向这些人重申钟声和官方通报:博物馆将在三十分钟后闭馆。可怜的斯皮策戴着口罩,眼镜一直起雾。可怜的利基,复工后状态大不如前了,身子变得更沉、更慢。他们说的话没有人理。他们被挥手打发了,被对方嘲笑了。其中还有人甚至开始录像,仿佛希望借此激起斯皮策和利基付诸暴力。眼前这一幕真是既丑陋,又无礼。这都是些典型的恐龙行为——占据大量的地盘,活像整个地球都是自己家似的。真是一群长着蜥蜴脑袋、顶着角、披着甲的恶霸。我恨恐龙,但我更恨恐龙爱好者……我第无数次向妻子抱怨起恐龙迷,说他们其实就是在洋基队打败纽约大都会队后，跑到时代广场狂欢的那伙人。正在这时，十五分钟后闭馆的钟声响起，随后是官方的通报，指引游客往出口走。

显然，这成了开始抗议活动的信号。先是站在泰坦巨龙尾骨附近的女人从包里掏出一张海报，举得高高的，上面写着：我们自作自受。而在另一边，靠近泰坦巨龙头骨的地方，两位女士开始展开一条床单，还不是那种特别干净的床单，上面写着一句标语：如果这不是你的问题……负责标语结尾一端的女人很难把脏兮兮的床单摊开，举着开头的那位还一直指责她，说退几步，再退，再退几步，直到马克笔写就的标语铺展开来：如果这不是你的问题，那就已经太迟了。我必须痛心地说，斯皮策和利基都愣在了原地，拿不准要不要冲上展台。他们开始商讨该由谁去——斯皮策说自己眼镜起雾，拒绝了，利基说自己髋部受伤，也拒绝了。这时，一个男人爬上了恐龙骨架展台的围栏。多说一嘴，这骨架其实是个复制品，不是真的恐龙骨，十有八九还装得不妥当、摆得不准确。只见这男人摘下口罩，高举扩音器，按下开关，喊道："我们谴责……"他的声音回荡在大厅中，像是糟糕的天气预报碰上糟糕的天气，融在了一起，"喂……喂……我们谴责地球上此刻正发生的第六次生物大灭绝，这场灭绝的罪魁祸首正是农业工业化、过度抽取地下水、过度砍伐森林，以及过度依赖化石燃料。"我倒想补一句，他所说的化石燃料，正是从他头顶上那种化石那儿来的，而对那化石他倒还挺仰慕的。男人开始倒数：五、四、三、二、一。未曾说出口的"零"在渐渐淡去的回声中延长，聚齐在此的游客纷纷倒在地上，扮成死人。很多动物都是这样装死的，或是为了欺骗捕食者，或是为了引自己想捕食的猎物靠近。有些人像是被猎户击中似的，扑通倒下。但大多人都只能慢慢来，先提一提裤子，弯下一条腿，再弯下另一条，膝盖咔嗒一声，坐在满是赘肉的屁股上，继而才能缓缓平躺。注重卫生的那些人仰面躺着，其他人则是趴在地上，面部朝下，口罩取下，戴着手套的双手伸开，贴在满是划痕、白天尽被人踩的脏地板上，就那么待着，除了偶尔几声肌肉抽搐和肚子咕咕的声音，此处唯有静止和沉默。

当然，我不懂这群人脑子里在想什么，但要是他们的思维跟我有半分相似，那在"静死"[1]（后来小报报道就用了这个词）时，他们想的应该是地板上无数的微型细菌如何从大理石地面往上爬，爬进他们的身体里；是那些小之又小、蠕虫般的细菌如何赶在更大的蠕虫糟蹋我们的尸体前，先把我们都感染了。斯皮策匆匆跑去搬救兵。利基也

---

[1] 原文是"die-in"，化用了常见的"静坐"（sit-in）一词。

跟上了,边跑边喘,一瘸一拐。我试图吸引他俩的注意力,表示我的支持,提供我的帮助,但他们太过沉浸于当下,无暇停步顾及我这个尼安德特人[1]。我用自己的矛敲敲玻璃橱窗,晃晃自己的透明笼子,咕哝了几声,最终还是放弃了。等警察和消防员赶到现场时,我已经顺着防火草地退回我石膏砌成的洞穴,回到是我妻子亦是我妹妹的女人毛茸茸的怀抱中,回到令我骄傲又开心的两个孩子身边——两个真正的模范孩子,他俩正啃咬着一块象征着上好猛犸象肉块、看起来又红又韧又生的东西,仿佛明天永远不会到来。

作者　　**约书亚·科恩**
美国作家。曾被著名文学杂志《格兰塔》评选为最佳青年小说家之一,2013年被授予以色列马塔内尔犹太作家奖。他的最新作品《内塔尼亚胡》获得了美国犹太图书奖和普利策小说奖。

---

[1] 尼安德特人是在大约12万到3万年前居住在欧洲及西亚的古人类,属于早期智人的一种。

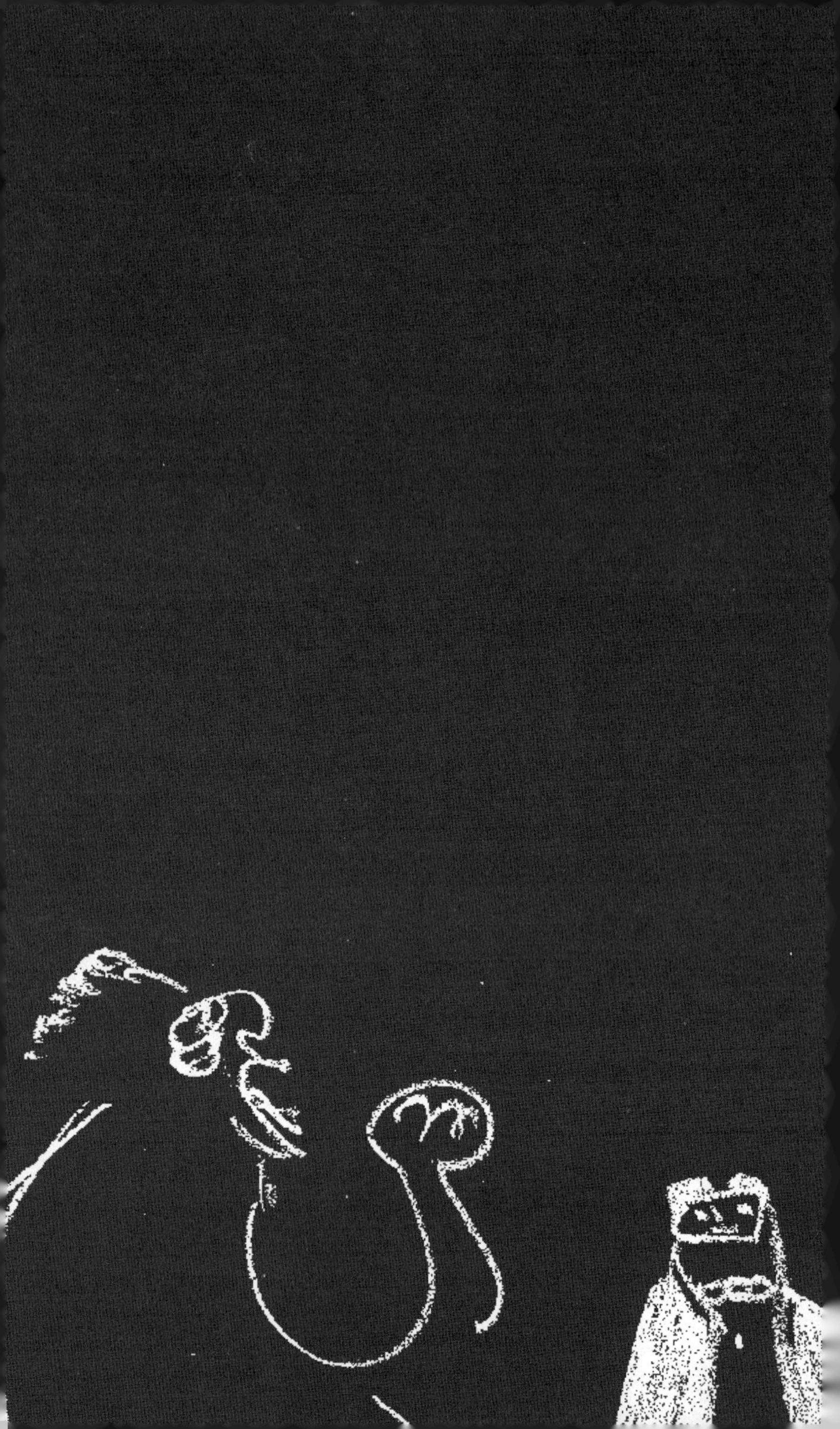

艺术酒店

阿莉·史密斯 著

郁祎 译

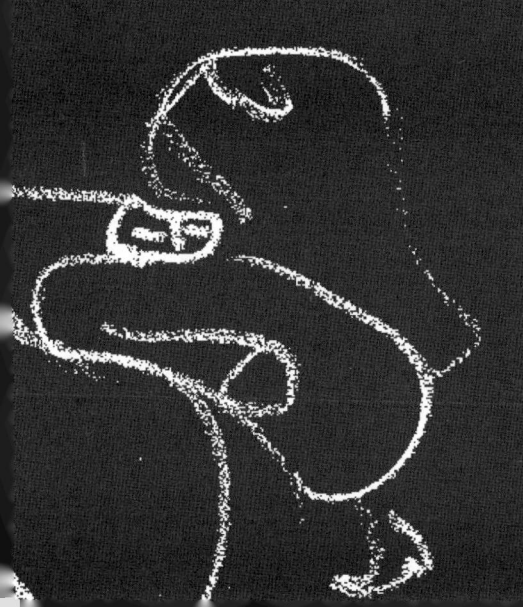

母亲到卸货处为我们送行。我一时没认出她来，还以为那只是个酒店的女员工。她把头发紧紧拢在脑后，扎成马尾，身上的衣服既不合她的风格，也不合身。我看了一阵才意识到，那是她姐姐的工作服，这里的女员工都穿着这种统一制服——白衬衫，再搭上一条黑色的围裙或裙子。男性工作人员的着装要随意些，他们穿的牛仔裤是牌子货，配的白T恤材质也比普通T恤好一些。女员工们不允许化妆，也不能戴耳环或项链之类的饰品。眼前的母亲看着比平常更瘦小、黯淡，她打理得干干净净的，一副拘谨的样子，像是银幕上或剧集中从卑微小国来的女用人。

她今天怎么样了？利夫问。她会病多久呢？妹妹问。见妹妹问得有些不礼貌，母亲的脸上带了几分责备的意味。接着她朝利夫耸了耸肩。病个两周，利夫追问，还是三周？还是一直病到九月？九月这个尚且遥远的字眼悬浮在这怪异的商业空间中，妹妹盯着自己的脚。利夫盯着墙壁、水泥、石头，还有白日里玻璃罩中无谓燃着的巨大蜡烛。天哪，他感叹道。母亲摇摇头，又点点头，朝着酒店搁在卸货处两侧的两座雕像来回点头，继而摇摇头，伸出手指放到嘴边，仿佛要将鼻子底下的那块皮肤抚平，举止优雅，不过她是为了让利夫和我们安静下来。

他们——雕像们有真人大小，由沉甸甸的白石刻成，闪着光，倒像是教堂里的东西。雕像看似一对儿，其实并不是。一座刻的是个满脸忧愁的漂亮女人，头上跟圣母马利亚一样裹了一条布，两臂张开，怀抱虚空，一侧手朝上，两只眼朝下，眼睛可能是闭上了，也可能是在盯着自己空空的膝盖，盯着那片除了衣服褶皱什么都没有的虚空。另一座雕像刻着个弓着腰、显然已逝的男人，他的头歪向一侧，搁在地上，连本该显得松软无力的手脚也让人觉得僵硬又局促，四肢摊开却似尸僵一般硬邦邦的，仿佛一推就会左右晃动。瞧瞧。真可悲，利夫说，你要觉得能凭艺术开家酒店，这便是艺术的下场。

母亲一听忽然慌了。像是不认得我们似的，她换上一副庄重的语气，说之后会联系我们。她的头微微动了动，提醒我们角落里有摄像头；她用目光同我们吻别，接着，像是面对着几位待她很好的客人，她跟我们一一拥抱，客气地拥抱，礼貌地道别。

我们穿过一群群游客，跟着谷歌街景地图走回停放房车的地方。街道的名称很难看清，借商店认路要容易一些，我们便朝着地图上最大的地标——香奈儿店走去，走过古驰店,又走过赛琳店,许久才走到地图上都显示不出的阿兰娜家的公寓。我们绕到公寓另一侧,利夫坐上房车的驾驶座,这倒挺奇怪的。毕竟一向都是母亲开车,她很擅长应付这种出了名难开的房车,利夫肯定不如母亲,也没那么自信,可能这就是为什么他让我俩都去后排坐,哪怕副驾驶座没人。也可能是不想我俩为了抢前排座位而吵起来。也可能是他单纯不愿自己专心开车时旁边有人盯着他。

他打了火,车启动了。过一个月我们就回来接她,不管到时候阿兰娜这份工是否还保得住,车子驶离城区时他说。不过这是件好事,也是出于好意。阿兰娜毕竟是母亲的姐姐。我们之前只见过她一次,那时候我们还小,记不清了,这回她又病得太重,没法见我们。但有母亲帮忙,阿兰娜的工作算是保住了。换作别的夏天,母亲总会陪着我们,而借这个夏天,我们可以懂得何谓一家人,懂得要为家人付出什么。阿兰娜工作的地方太忙了,需要人手,昨晚我们路过时,也见到那儿有多繁忙了。我们原本只是想去瞧一眼母亲,跟她打声招呼,但没见着她,那地方人太多了,室内的餐厅都坐满了,门前的露天餐厅也满了,净是些我从没见识过的人物,至少是没在现实中见过的人。他们——那些在母亲工作地方吃饭的人,个个都是好模样,顶着精心打理的完美发型,像用电子画笔修饰过一样，毫无瑕疵，仿佛是用电脑修了图。有一桌应该是坐了一家人，其中有个女人，想必是家里的母亲，很是优雅，她举起叉子，叉子上挂了块东西，她跟个机器人似的，只把那东西递到嘴边而不是塞进嘴里，接着她的手臂又将叉子搁回盘子，继而又举起来；她旁边坐着个男孩，也很优雅，一边心不在焉地搅着盘里的什么东西，一边直视前方放空；还有个男人，兴许是家中的父亲，有点圆润但依然优雅，穿得像刚从电视颁奖典礼处来的一样，他没吃东西，只是不停刷着手机；还有个女孩，我看不清她在做什么，但即便她背对着我，我也知道她很优雅。就好像他们都背对着我，他们的疏离感正是优雅的本质。就好像他们把体内某种重要之物取走了，只为将它保护起来。可能是这些有钱人动了手术，把身上丰沛的生命力取走了，他们待在诊所里，闻着令人安心的医疗用品的味道，一个接一个漠然地露出肩膀，伸出胳膊，任由那些戴着口罩、味道洁净的人把管子插入他们的身体。

但它去哪儿了？那些负责插管子的人小心翼翼地把生命力取出来后，又把它放哪儿了？不管放在哪里，你怎能确保它不被任何东西破坏呢？不被要命的高温、排水沟的污垢、周边的污染、诸物的变迁、分离的苦痛、种种舟车劳顿破坏呢？

他们定住了，他们被定住了。这便是所谓的忍耐力吗?这难道是什么静物画[1]吗?经过他们时我大声问道。什么静物画?利夫问道。我朝我们不曾踏入过的餐馆点头示意。即便这些人在呼吸、在动,我答道,但他们就跟那些古老静物画上的地球仪、头盖骨、水果还有鲁特琴一个样。

利夫笑了,低头朝我眨眨眼。

艺术酒店嘛,他说。

平日里,到了离家这么近的地方时都是母亲在开车,车驶到这段路上利夫总会说起什么,你要是去了不同的地方,尤其是如果你运气好的话去了别的国家,总能见着些很奇怪、很特别的房子,就像是童话里的房子。接着母亲回应利夫,每次一出门总念叨这些话,越来越矫情了。他俩倒不是在吵架,只是在说笑,吵闹的车内前排散发着暖意,利夫的声音压过母亲的抱怨声,他说才不是呢,当你到了一个新地方,一切东西在你眼中都是新的,都会激起某种听旁人讲故事时的感受。母亲嚷嚷起来,说他这翻来覆去老一套的说辞里才不会有什么新东西呢。今天利夫没开口。时候不早了。天还未暗。但到了离家这么近的地方却没人说以往那些话,连家都看着不像家了,我便一面隐

---

[1] 原文为"Is it still life?",亦能理解为"这还算是生命吗?"。

隐希望利夫能听见，一面问妹妹：你去了不同的地方，看事物便会产生像从故事里走出来的感觉，是不是很有意思？但利夫没在听，即便听见了他也没接话，而妹妹倚着我，早已睡着了。

我喜欢这辆房车。我和利夫都喜欢。我们喜欢车后窗那块可以打开的四方玻璃，喜欢车里自带的桌子，安全起见，上路时桌子会叠起来。我们喜欢幻想不叠桌子直接驶向一场危险之旅，喜欢（为了行车安全）锁在橱柜里的奇异物件儿——充满异域情调，并非我们在家吃喝时会用的东西。我们喜欢升起来就跟一扇翅膀打开似的车顶，喜欢幻想有一日驶在路上时要把那翅膀似的车顶升起来。

利夫正在慢慢驶离双行道，驶离二级公路，转入一条往家去的小路。平日里大大的房车开在这条小路总是太局促。但今晚这路显得宽多了。这是怎么了？利夫问，这儿的峨参都没了。

路边大半的树篱和几段护坡都被粗暴地推平了，像有推土机驶过似的。在傍晚残光中，可以看到两侧被铲平的树篱上堆着泥土、枝干和叶子。

瞧瞧，他说着，踢开了门口小道上的几块碎石，这是什么？他的靴子尖指了指栅门旁小道上的一抹红。

那是一道油漆画成的线。他的靴子尖上蹭到了一小块红色。

有人在我们家与厄普肖家相邻一侧的地上画了一道红线，一直画到屋后两家房子的相接处才结束，把我们家圈了起来。在尘土和柏油的衬托下，那抹红显得越发鲜亮了。利夫敲了敲厄普肖家的大门，厄普肖太太一向不待见我们，她就是那类不待见人的人，有时还会往我家垃圾桶盖上丢一只死老鼠，以提醒我们在这儿待着的时间都是问她暂借来的。我们不在乎，没人在乎，我们在这儿待得很开心，母亲总这么说，不管手头的时间是借来的还是借出的，只要还有时间就成。厄普肖先生倒还真来应门了。他和利夫交换了一下眼神，接着便站着说起话来，不时指指厄普肖家外围红线骤然消失的地方。

妹妹摸了摸油漆。她把手上沾到的红色亮给我看。往屋后走去，柏油渐渐变为泥土，画线那人便只管把线刷到散落的碎石上，碎石一踢就走，很容易弄干净。我找来一根棍子，拨开碎石，一道缝隙随之露了出来。妹妹顺着缝隙走，仿佛我在红线里为她开了一扇房门，或是栅门。她从棚子底下翻出后门的钥匙，我们进了屋。

我站在空荡荡的前屋。接着又站在空荡荡的卧室。房间里有股潮气，仿佛我们离开此处已有多年。也可能这股味道一直都在，只是我们渐渐留意不到了。但此刻屋中没了母亲，架子上的东西，甚至实际摆着的家具，看起来都像一堆垃圾。

我走出来，来到屋前，倚在门上瞧着花园。我看着利夫在跟厄普肖先生说话，看着他的肩膀，又看了看厄普肖先生的肩膀。我把手贴在门上，触碰着木门上的凹槽，忽而想起被我们唤作罗吉的那条狗，那是条曾在家里生活过一阵的流浪狗，那时我还小，他也只是一条小小的、毛发粗硬的杂种猩类犬。某日，我们从电影院出来，走到停车场，他就坐在我家房车旁，像是希望我们载他一程似的。于是我们便让他搭了车，去了我们家，他在厨房里安顿下来，随即沉沉睡去，就这么过了一夜。之后每当母亲开车进城，他也跟我们一同去。到了停车场我们便放他出来，他跑去他想去的地方，我们也会走掉，去做进城要做的事，待我们回到停车处时，他多半已经在那儿候着，等我们载他回家。有一天，他不在那儿等我们了，他不在了。他这是向前看了，母亲说，现在换别人载他了。我忽而想起他灵敏的四肢，想起他能轻易跳到我此刻倚着的门上，这门在我看来，怕是得比他高五倍。某个春夜里，母亲将我摇醒，叫我起床，把我领到窗边，让我看罗吉——他摆好了姿势，竟在窄窄一条的门板上站稳了，四只紧绷的爪子整齐地贴在一起，身子也紧绷着，他一边保持平衡，一边看着街上人来车往，不时随之扭头：这边，那边，这边。他这么站着快二十分钟了，母亲说，我就想让你也看看。

摸到凹凸起伏的木门时，我想起了他机敏的眼神、竖起的耳朵、长须的口鼻，想起他跳下来后那张他睡惯了的扶手椅上依旧留有的余温。之后利夫和厄普肖先生道了晚安，开心地朝厄普肖太太躲在帘后偷瞧的那扇窗户挥挥手，又在房车橘色一侧生锈处敲了三下。大家都回去吧，他喊道，我们出发了，你妹妹跑哪儿去了？

他走进屋内找她，把她抱了出来。她笑个不停。我能坐前排吗？我问。不行，他说。那我呢？她问。不行，他说。我们坐回之前的座位，把安全带系好，座位还是暖的，他把房车钝钝的车头开进变了样的小路，驶回原先那条公路，就这么开走了。我们家外面那条线是谁画的呀？妹妹问。我也想知道，但也许我们永远不会知道，利夫答道。是人画的吗？妹妹问。可能是吧，总归都是人干的，利夫应道。人为什么要这么做呀？她追问。人就是这样的，利夫说，就跟个谜似的，谁知道别人的动机？嗯，那我们为什么要离开呢？我问。因为是时候了，他说。我们要去哪儿呢？我问。你想去哪儿？他反问。

←

去年夏天，我和妹妹目睹了一件事，就发生在那个供一年到头开车到处跑、住在车里的人停靠、逗留一阵的地方。

那是两条路之间长着草的一大片空地，能停下好几辆房车。在这儿停车的几户人家总是六月来，七月走。我们尚未出生时他们就这么干了。那几户人家的孩子是我们的暑假朋友。但上一年的夏天，我们在林子里发现有人往那片草地上铺了巨大的混凝土板，参差不齐，或歪或直，一块块比车还大，把整片地方都占满了。看到这一幕时妹妹哇的一声哭了。她平常不这样，她不是那种轻易会被吓哭的人。此刻，在我身旁，系着安全带的她拿着从后花园地上捡的娃娃，她把娃娃的手脚都扯下来，摇晃娃娃的躯干，把里面咔嗒作响的小石子抖出来，又用自己的裙摆把里面都掏干净，然后把娃娃的手啊脚啊——安装回去。

我们算是旅行者了吗？她问。对的，利夫说，就是这样，我们就是在旅行。好，我接着说，这样我们就能把一切都重新见识一遍了，一切都会是新的，房子也会看起来和普通房子不一样。

我们开到乐购超市，把车停在停车场顶层。这样要是进出买东西就方便了。况且这家超市二十四小时开着，利夫说，走运的话他们兴许不会介意我们在这里待上一晚。

但到了半夜，天还黑着，时候还早，我听见利夫在又当桌子又当床的板子上翻了个身，他和母亲一向都在那儿睡。是什么声音？他对着黑暗发问。我坐起身。你别起来，利夫说，多半是什么野生动物吧。但到了早上我们打开门时，才看到有人在房车旁的地上画了一圈红线。

那条线绕房车一周，在我们留在门口、方便进出的小台阶处首尾相连。油漆还没干透，台阶、轮胎、轮辋上，甚至轮子的金属配件上都沾了一点儿漆。

我们把床和床品都收了，叠好桌子，放下车顶。我们检查了一遍橱柜是否锁好了，以免影响行车。我和妹妹系好安全带，我特意挑了个角度，恰好能瞥见将被抛在身后的红色轮廓。我很想看看房车的轮廓，还隐约有些开心我们在超市停车场中留下了印迹——一个如警报般鲜红、为我们这辆车量身定制的轮廓。

利夫把钥匙插进点火孔，转动。没有反应。他又试了一次。还是没有。接着，拖车来了。利夫和警卫争辩着，我和妹妹拿着他给的十英镑走进了超市。我们买了三个散装的可颂，在咖啡机上给他打了杯咖啡，用剩下的零钱从冷藏柜台后的女人那儿尽可能多地买了些奶酪和火腿。待我们回去时，利夫已经把车里我们需要的一切都取了出来，装进了背包里。我的背包轻得很。人们正把拖车钩在房车车头下不易松动的生锈处，一旁的利夫将超市那女人切的火腿和奶酪分别夹在三个可颂里。他给我和妹妹各拿了一个，又给自己做了一个，撕成两半，拿起一半说：这一半是给你妈妈的。

她在另一个地方,我说。等可颂到了她那儿早就馊了,妹妹说。嗯,那你俩最好现在就把它吃了,他说着,把手里那一半撕开,各给了我俩一半的一半。(我说一半的一半是因为这样听起来比四分之一要多。我们都饿了。)我们坐在超市外墙上,吃着手里的东西,看着被拖走的房车的背影。我又去看了一眼红线。回来后,我抱怨说那人画的线也没什么了不起的,一点儿也不像我们家房车的形状,看起来跟停车场里的寻常车位一个样,只不过不是白色的。

现在我们要借由你们二人的形状,把属于她,属于你妈妈的那一半可颂带给她,利夫说。

现在车也没了,我问,要怎么带?我们还有脚,他说。我们可以搭便车去港口。从港口回来也可以搭便车。要是没人肯搭我们怎么办?我问。那我们就用自己的脚走,他说。走上一路?我问。要是艺术酒店不肯放客人之外的人进去,要是母亲因此不乐意我们去,那怎么办?妹妹问。毕竟艺术酒店甚至连卸货处那种最普通的地方也不肯让我们待,要是我们到了她还没准备好怎么办?我问。等她的时候我们该去哪儿住?妹妹问。我们总会想出办法来的,他说,我能挣些钱。到那时候你妈妈也领到薪水了。我们会再买一辆房车。

但要是到了港口,他们在你周围,在我们周围,在我们脚边,甚至在我们脚上画一条线,那怎么办?妹妹问。甚至还没到港口就有人要画怎么办?要是下一秒就有人画怎么办?要是我们一走到大路上,正想着往哪边走才能到港口,就有人——随便什么人——不知从哪儿蹿出来,拿着刷子冲向我们怎么办?要是他们把红线刷到我鞋上怎么办?

那你就会有一双亮红色的鞋了,利夫说。

人类历史就是旅者两步之间的短短一瞬。

——卡夫卡

作者　**阿莉·史密斯**
英国作家。她曾四次入围布克奖,两次入围英国女性小说奖。2015年凭借《双面人生》获得英国女性小说奖。另外还曾获得首届金匠奖、科斯塔图书奖。

书评

在弗朗茨·卡夫卡颠倒的世界里，罪责先于罪行，惩罚先于审判，因此，笼子自然也先于鸟而出现。

"一只笼子，在寻找一只鸟。"1917年，他写下了这句神秘而引人注目的话，当时他被诊断患有肺结核，正在乡村小镇曲劳疗养。两年前，他放弃了《审判》的写作，这部小说以一场突如其来的逮捕开始，结束于一场过程曲折的认罪。五年后，他将开始创作《城堡》，小说的开篇是一系列含混不清的指责，结尾则是一连串更加含混的罪行——如果它真能称得上有"结尾"的话。严格来说，这两部小说从未写完，以执拗闻名的卡夫卡对它们都不满意。他的完美主义如一座严酷的熔炉，直至他去世，两部小说都没有完成。它们当然是笼子——紧紧咬合、幽闭恐怖——或许注定要永远寻找着鸟。

卡夫卡与妹妹在曲劳居住了七个月，《蓝色八开笔记》是他在这段恬静怡人的日子里所写的日记，文风主要是箴言式的：事实上，他后来从中挑选出句子，组编成一本薄薄的格言集。这本小书于卡夫卡死后出版,最初的书名是他最好的朋友和遗稿保管人马克斯·布罗德拟定的——《对罪愆、苦难、希望和真正道路的观察》,最终更名为《曲劳箴言》,原因或许在于,它的内容完全不涉及对"真正道路"的观察。布罗德的书名创造出一种爽利而鼓舞人心的氛围,适合心理自助类作品,却在卡夫卡奇异的文本中无处可寻。相反,这些格言隐晦而高深,如寓言般朦胧,如诅咒般不祥。虽然格言简短凝练,剔除了一切无关信息,短小的篇幅却丝毫没有让它们更加好懂。其中一句是这样的:"豹闯入寺院,把祭献的坛子一饮而空;此事一再发生,人们终于能够预先做打算了,于是这成了宗教仪式的一部分。"另一句则告诫读者(又或者仅仅是在汇报?):"你是作业。举目所及,不见学生。"

面对这些谜语般令人困惑的句子,我们或许会开始共情于那寻找着鸟的笼子,因为我们也迫切地想要捕捉那稍纵即逝的短暂领悟。

对于这本在卡夫卡逝世百年之际向其致敬的短篇小说集,"一只笼子,在寻找一只鸟"是个合适的书名,尤其是因为,书中有那么多篇故事讨论的都恰好是卡夫卡深深着迷的那种圈套:无论我们走到哪里,都跟随着我们的陷阱和圈套。在卡夫卡的世界里,笼子会在最不起眼、外表最安全无虞的地方出现：在《审判》中，一个男人在办公楼的废旧物品储藏室里遭受鞭打，在《变形记》中，格雷戈尔·萨姆沙变成一只巨大的甲虫后，被家人锁在房间里，童年时代的卧室成了他的牢房。

如同格雷戈尔，《一只笼子，在寻找一只鸟》中的各色人物屡屡在看似最不可能的地方身陷囹圄。在里昂·罗斯的《头痛》中，一个女人先是被困在自己的身体里，遭受神秘的头痛折磨；接着被困在核磁共振仪中——她以为这是脑扫描的例行流程；最后，她被困在医院的一个房间里，"窗户是密封的"。没有人会告诉她，她究竟得了什么病，什么时候有"获释"的可能。在汤米·奥兰治令人难忘的短篇《痛》中，一场名叫"痛"的瘟疫折磨着人们，留下满目疮痍，病毒随机传播，让人痛苦得当街打滚，甚至自杀。作为一种公共设施，整个城市中遍布着手铐，以至于随时会有人苏醒过来，发现自己被铐在了公园长椅上。这篇小说中的镣铐有时甚至会主动追捕囚徒。在阿莉·史密斯的《艺术酒店》中，住在房车上的一家人发现，无论他们把车停在哪里，周围都会被画上一圈红线，就像有人想要围捕他们似的。

卡夫卡非常清楚，困住我们的常常是我们的家。在日记和信件中，他不断抱怨：他不得不和父母及妹妹们同住一间公寓——在这些故事中，家是一处令人不安的避风港。在基思·里奇韦的《房东》中，一位房客受困于一个常常对他施加压力的房东，对方没完没了地拉着他聊天，他无法礼貌地结束对话。渐渐地，他也受困于房东对他的认知——"他把我的名字念错了。"房客如是说，"但每次念错的方法都始终如一且充满自信，以至于一段时间过去，我开始怀疑他的发音才是正确的，念错的是我。"最后，房客坦言："我仿佛不完全是我自己了。我怎么可能是自己？我好像已经成了另一个人。我的生命是分配给我的：给你安排好了，你就在这儿生活吧。"仿佛是笼子创造了鸟。镣铐最先出现，我们只是后来被加上的部分。

《城堡》《审判》《地洞》以及卡夫卡其他许多作品教给我们的，不正是这样的道理吗？囚笼先于你而出现，总是在等待着你，事实上创造了你。或许，这就是卡夫卡想要记在日记里的宿命论式思考（当时距离他查出肺病刚刚过去几个月，就是这种疾病在一百年前夺去了他的生命）：鸟附属于它们的笼子。

奇怪的是，卡夫卡竟会在他相传度过了人生中最快乐几个月时光的小镇，写下如此悲观阴郁的格言。评论家罗伯托·卡拉索称这段日子是卡夫卡"唯一接近幸福的一段时光"，他的书信一反常态地热情洋溢。"我在动物的环绕下充满生机。"1917年10月，他写信告诉马克斯·布罗德。

几天后他又对另一个朋友倾诉:"我想永远生活在这里。"树木、动物和宁谧的生活让他心醉神迷(但卡夫卡终归是卡夫卡,他还是发现了让自己苦恼不已的事情,这一回,是夜晚在他房间跑来跑去的老鼠)。

然而就是在这里,在这座风景如画、生活极其宁静的村镇,他开始阅读克尔凯郭尔的著作,思索起罪孽。在卡夫卡的所有作品中,《蓝色八开笔记》在主题上最为明显地呈现出宗教色彩,文风则最是神秘难解。就在卡夫卡喂养村里的山羊、漫步山间时,他也在忧虑着"恶",以及我们被逐出伊甸园的事实。这种不协调的感觉是如此强烈,甚至让我怀疑,他的格言传递出来的那种鲜明的阴郁,也许完全不是我们所以为的那样消极。

在《蓝色八开笔记》的一段文字中,他推断世上有比神明的怒火和怪物更可怕的东西。"塞壬有一种比歌声更可怕的武器,"他写道,"即她们的沉默。"比一位憎恨或谴责我们的上帝更加折磨人的,是一位压根想不起我们的上帝。卡夫卡小说中的人物或许被困在了一种另类的、梦魇般的逻辑中——指控造就了罪行,笼子造就了鸟——但他们至少并未遭受"意义缺失"的折磨。解释常常被发现是难以获得的,但从没有谁怀疑,他们可以在某个地方,从某个人那里得到解释。《审判》中的律师和被告不会想到,这场关于逮捕与传唤的疯狂闹剧,或许根本不依托于任何一条法理，而《城堡》中的土地测量员即使从未看到过他寻找的城堡，也十分确信它的存在。

这本怪异出奇的小说集所收录的卡夫卡式短篇，初读之下都很让人绝望。其中许多作品呈现出一种关于惨淡未来的反乌托邦式幻想：在娜奥米·奥尔德曼的小说《上帝的门铃》中，一批令人联想到 ChatGPT 的机器掌管着人世，在约书亚·科恩的《重回博物馆》中，叙述者是纽约自然历史博物馆里一个悲伤的尼安德特人，他在馆内目睹了一场针对气候变化的、颇为戏剧性的抗议活动。

但无论如何，《一只笼子，在寻找一只鸟》流露着一丝卡夫卡特有的扭曲的乐观主义。在海伦·奥耶耶美的《卫生》里，一个人变成了对细菌避之唯恐不及的"游民"：游荡在一处处温泉水疗中心，没有固定的居所。她声称自己学会了"以谨慎姿态生存"。在她洁净无菌的新生活里，"蒸汽包裹着我们，下手毫不留情的天使们拿着丝瓜络浴巾，用三千克拉纯度的指关节揉捏我们的肌肉、刮除我们的死皮"。她即将蜕变为一种全新的生物，或许是一种超越了她过去自我的生物。

很明显，在这本书中，许多"人类的替代品"都即将成为超越我们的存在。在《上帝的门铃》中，机器开始建造一座巴别塔，看上去已经危险地触及了天堂；约书亚·科恩小说中的尼安德特人（或许是对卡夫卡《致某科学院的报告》中猿类叙事者[1]的致敬）最后退回到了自己展台上的洞穴中，他和妻子生活在那里，还有令他"骄傲又开心的两个孩子"——"两个真正的模范孩子，他俩正啃咬着一块象征着优质猛犸象肉块的、看起来又红又韧又生的东西，仿佛明天永远不会到来"。

阅读这些矛盾、微妙的小说，我想起了卡夫卡和马克斯·布罗德那番恶名昭著的对话，他们谈到了上帝，而卡夫卡提出："希望是永无止尽的——只是它不属于我们。"这是一句既昂扬向上又无限悲凉的话。诚然，我们或许永远也无法勘破世上许多黑暗的谜团，但其他生物（或许是机器，或许是自然历史博物馆中的标本）可以做到我们做不到的事。那么，我们也许应该努力以约瑟夫·K（《审判》中的主人公）为榜样，他坚信着一套公正的制度，尽管他无从证明这一制度的存在。这种不妥协的别名是信仰。

贝卡·罗斯菲尔德

苏十　译

---

[1]《致某科学院的报告》是一篇书信格式式的小说，第一人称叙述者是一只猿猴。

卡夫卡原文出处

"一只笼子,在寻找一只鸟。""人类历史就是旅者两步之间的短短一瞬。""如果能在不攀登巴别塔的情况下建造它,那应该是被允许的。"出自第三本八开笔记,收录于《蓝色八开笔记》中,英文版译者为恩斯特·凯泽和埃特尼·威尔金斯。

"每个人的脑中都有一个房间。这个事实甚至可以通过听觉来证实。比如说,在黑夜这种周围一片阒寂的时候,一边快步走,一边竖起耳朵仔细听,你便会听到一面没在墙上固定牢的镜子发出的咯咯声。"出自第五本八开笔记,著作信息同上。

书评中引用的句子来自弗朗茨·卡夫卡的《曲劳箴言》,英文版译者为迈克尔·霍夫曼和杰弗里·布洛克,附有罗伯托·卡拉索撰写的序言和后记,由肖肯出版社于 2006 年出版。